青春的述说·90后校园文学精品选

高长梅 尹利华 主编

梦想

李唐 著

九州出版社 JIUZHOUPRESS 全国百佳图书出版单位

图书在版编目（CIP）数据

梦想/李唐著. —北京：九州出版社, 2014.3(2021.7 重印）

（青春的述说：90后校园文学精品选 / 高长梅, 尹利华主编）

ISBN 978-7-5108-2765-5

Ⅰ.①梦…　Ⅱ.①李…　Ⅲ.①小小说 – 小说集 – 中国 – 当代　Ⅳ.①I247.8

中国版本图书馆CIP数据核字（2014）第041865号

梦想

作　者	李 唐 著
出版发行	九州出版社
地　址	北京市西城区阜外大街甲35号（100037）
发行电话	（010）68992190/3/5/6
网　址	www.jiuzhoupress.com
电子信箱	jiuzhou@jiuzhoupress.com
印　刷	北京一鑫印务有限责任公司
开　本	710毫米×1000毫米　16开
印　张	9
字　数	138千字
版　次	2014年5月第1版
印　次	2021年7月第8次印刷
书　号	ISBN 978-7-5108-2765-5
定　价	32.00元

前言

随着中小学课程改革的进一步深入，我们欣喜地看到，许多学校的校长、教师对校园文学与课程建设、学校文化建设紧密关系的认识，上升到前所未有的高度。

有识之士认为，校园文学对于学生完善自我、陶冶心灵、挖掘情商、启迪智慧，培养想象力和创新精神，具有其他教育形式不可替代的作用。作为学校教育重要形式和载体的校园文学，在学校的课程中得到了充分体现，占有了一席之地。

我们更欣喜地看到，许多学校在校园文学作品进入阅读教材、校园文学创作融入写作教学等方面做了大量行之有效的探索。他们认为，阅读教材中引进校园文学作品，使阅读教学内容更加丰富、新颖，贴近学生的生活、思想和鉴赏兴趣。紧密联系校内外各种实践活动，创造契机，搭建平台，让学生适当进行课外的文学创作，使课内外写作结合，促进了写作教学改革。

正如《第三届全国校园文学研究高峰论坛宣言》所说的那样：校园文学走进课程，是语文学科建设和改革的重要抓手，有助于学生综合素质的培养、语文教学效率的提高、语文教师专业化水平的提升以及整个语文学科的改革发展。

　　这套 10 本校园文学作品集，作者都是 90 后，他们的生活、他们的思想、他们的情感，与现在的 90 后乃至 00 后读者是相通的。我们相信，这些作品会和这些读者产生共鸣，从而达到我们出版这套书的目的——为读者提供一套他们真正感兴趣的、接地气的作品。

目录

第一辑　迷鹿

目录

第一辑

迷鹿

穷孩子

一

　　一九六一年的一天，我的爷爷跟跄在漫天飞雪之中。那天的风雪像一只只强壮的手臂从反方向推着我爷爷。我爷爷在雪地里一步一个坑地走着，风做的铲子铲起一块块雪球打在我爷爷的脸上。使我爷爷保持重心的是他怀里的一棵大白菜。我爷爷紧紧地抱着它，像抱着一颗金元宝。事实上，那年的白菜比金元宝还要熠熠生辉。我相信在当时那种情形下，我爷爷要是捡到一颗不能下嘴吃的金元宝，一定会毫不犹豫地扔掉。跟他在一起赶路的工厂里的同事们有的拿黄瓜，有的拿白萝卜。他们一边走一边闻到蔬菜散发出来的清香，这香气诱惑着他们的口水。当他们快到家的时候才发现，那些偷来的蔬菜已经被他们吃得差不多了。而我的爷爷是个意志坚定的老党员，尽管一路上他反复与自己的肠胃做斗争，但他最终经受住了考验，把一棵完整无缺的大白菜拿到了我奶奶和我祖奶奶面前。那年我奶奶刚刚生下我爸，我祖奶奶重病缠身，那锅白菜炖的汤几乎是救命的。所以在那之后，我爷爷对白菜有着一种特殊的感情。当他闻到白菜的气味时，眼前就会飘起一场一九六一年的大雪。

二

当讲述完那年的那棵大白菜的事迹，我爷爷已经热泪盈眶，而我奶奶则早已流下伤心的泪水。她说："我什么苦没吃过？不就是卖掉房子搬回老家住吗？我什么苦没吃过？"我妈和我爸坐在二老的对面，一声不吭。他们的屁股深陷在沙发里，脸色铁青。作为一个听话的好孩子，我从很小开始就学会了看大人的脸色行事。我知道事情不妙，想溜回卧室，但已经太迟了。我听到身后我妈的怒吼。当我恐惧地转过身来时，我看到她已经从沙发上站了起来，怒视着我，就像一块快要迸裂的玻璃。

我知道作出气筒是免不了的了。

"谁让你出来偷听的！不好好做功课以后谁来养你？不好好学习考不上大学以后你吃什么？你以为家里还能养你吗？你听着，现在咱们家穷了，别以为这和你没关系，从今以后你就是一个穷孩子了！"我妈说完这番指桑骂槐的话就哭了起来。爷爷咬了咬他的假牙，对我妈说："你别跟孩子说这些。"我看了看我爸。他依旧端坐在那里，一动也不动，仿佛动一下就会觉得很累。这让我想起了非洲的一种河马，苍蝇落在它们身上它们都懒得用尾巴轰一下。有人说河马像哲学家。当然我爸并不是哲学家，他现在只是暂时进入了一种未知的冥想中。

我回到卧室。我知道大人们什么事都瞒着我，因为我是个小孩，怕给我留下心理阴影长大去报复社会什么的。但其实我什么都知道，他们越想隐瞒的事往往越会露出马脚。我知道我爸的公司破产了，准确地说是被人骗了。那个骗我爸的叔叔曾来过我家。我记得他给我带了一大包糖，临走的时候还亲切地摸了摸我的头，叫我好好学习。我听话地回答他说我会天天向上的。我还知道为了还债，我们必须把自己的家卖掉，而且还得卖掉爷爷奶奶的家。我们一家人就要搬到乡下老家的老房子去住了。

我从没有去过老家，只是经常听他们说起，说起那些剪不断理还乱的亲戚。所以对我来说，老家一直只是个名词。

我突然有些恋恋不舍起来，我对自己的这间房间已经有了感情。我再一次躺在了床上，今天的床仿佛知道将来的命运，变得十分柔软、舒适。我下了床，拉开灯，灯十分配合地亮了。我关上它，它就听话地关上。我一时间不知道要干什么，就走到大门前，从门上的猫眼往外望了望。我惊讶地发现自己不用踮起脚就可以够到门上的猫眼了。记得在不久之前我还够不到呢。我实实在在地感受到了自己的成长。每晚我几乎都可以听见我的骨骼在不安分地微微作响。

此时，我对这间属于我自己的小小的卧室充满了感情。我曾把玩具扔得满地都是，还在墙上画过各种各样的怪物，到了晚上自己吓自己玩。在这间房子里我挨过父母的揍，无数次地怨恨过他们。也曾在这间房子里对天祈祷，让我的父母长命百岁，永远留在我的身边。

而现在，我不知道该干什么好。我又重新坐回到书桌前，听着客厅里大人们的谈话。谈话的内容听得不是很清楚，但我的名字被他们重复了很多次。人对自己的名字总是很敏感。

我听到我妈说得最多的一句话就是："从此阿克就是一个穷孩子了！"当然，她的哭泣几乎就没有停止过。

我不知道我应该干什么，就只能继续琢磨本子上的数学题。本子摊开在桌子上，上面的数学题像是一团乱麻，等着我把自己套住。我毫无思路。

突然，一滴水滴到了本子上，接着又是一滴，本子很快湿了一大片。我摸了摸自己的脸，发现那上面湿乎乎的，原来是我流出的眼泪。我很奇怪我为什么会流泪，可能是客厅里悲壮的气氛把我感染了。我连忙把脸上的泪痕擦掉，我知道被大人看见了只会雪上加霜。

外面仍然是大人们含糊不清的讨论，我努力地听了一会儿，仍然听不清楚。我知道他们是故意压低声音的。我只能听到我妈在叹息后总爱捎上的一句话：

"唉，从此以后我们家阿克就是个穷孩子了。"

三

我们经常聚在学校后面的小树林里。其实说是小树林，但除了杂草还是杂草，还有一些不知道干什么用的木板横七竖八地躺在草丛里。有些木板上面钉着狡猾的钉子，一不注意就会刺破你的脚掌，所以许多家长坚决不让自己的孩子去小树林里玩。于是，我们几个好哥们就有了一个聚会的场所，无人打扰。

今天是星期二，中午时分我们几个从刻板的教室里逃出来，聚在这里。刚刚上学的时候，我们都可怜巴巴地等待着周五的降临。后来我们就厌倦了，干脆约定每天中午都逃出来，在这里玩。于是到小树林里玩成了我们每天坚持上学的动力。老师开始的时候对我们十分严厉，经常打电话约见我的父母，但几乎每次开家长会的时候我的父母都在外地。由于学校无法报销飞机票，所以家长会我的家长的椅子总是空着的，这让我很有优越感。在老师眼里我成了没人管的孩子，他们虽然是人民教师，但也是有底线的。慢慢地他们也就不管我了，任我自生自灭。

以上是我的情况，我已交代清楚。而其他人的情况我都不了解，总之他们各自有脱身的方法。

现在，我们一帮人都聚齐了。我们就坐在杂草里，小五则很斯文地拿了一张报纸垫在屁股底下，因为他换了一条新裤子。我们大部分人一般都是拍拍屁股就走。

我们大眼对小眼，一时不知道该说什么，或该玩什么。那时学校附近的网吧已初具规模，但主要是高年级学生的天下。我们那时年纪太小，网吧老板总是死活不让我们进，说是上面有政策。其实我们知道那老家伙钱已经挣得足足的了，不想为我们冒风险罢了。

能够加入我们这个圈子的，都是有那么两下子的家伙，比如坐在我左边的阿金，他是我们中第一个敢离家出走的人，他最想干的事是周游世界。那时我们对很多事都没有什么概念，或者说，和你现在的概念不一样。

坐在我对面的旗子，则是个不好惹的家伙。他长得高高大大，曾多次和高年级的人干架，最后的结果往往是虽败犹荣。

而我呢？

我在他们中间是一个不起眼的家伙。我能为加入这个圈子而感到由衷的荣幸。我唯一的特长可能就是会讲故事，会写一些乱七八糟的东西。我经常帮他们写检查或者情书。我会使很多严肃的句子，比如"上述事件我已交代清楚，请各位老师再给我一次改过自新的机会。"这样的句子让他们自愧不如。

中午的太阳有一搭没一搭地照着，天气已经变凉了，所以这样的照耀很舒服。我注意到不远处有一群黑压压的蚂蚁在围攻一只虫子。那只虫子挣扎了几下最后放弃了抵抗。蚂蚁们沉浸在胜利的喜悦中，它们彼此用触角交谈着，想把这个捷报传递到更远方。

我想我应该首先打破沉默，于是我张了张嘴。

我发现他们果然注意到我，把眼光一齐投到了我身上。但他们显然以为我就要讲故事了，饶有兴致地看着我。我只好说：

"不好意思，我并不是要讲故事。而是要讲讲最近发生在我自己身上的事。"

"阿克你真逗啊。"小五一边用小木棍挖着沙土一边说，"你自己的事不也是故事吗？"

我恍然大悟。是的，我自己的事讲给他们不也是故事吗？唯一不同的是我的这件事正在发生，我还看不到它的结果。我佩服小五的明察秋毫。

我看了看阿金。他似乎有些不同意小五的说法。他不知何时把他的外套脱了下来，搭在肩膀上。"阿克是我们的兄弟，他的事怎么能和故事一个样呢？"他盯着我的眼睛，说。

小五没有说话，继续挖他的土。

总之，我说起我爸的破产和我要搬到乡下的事情，和我以前讲故事的感觉并没有什么两样。我仿佛在讲别人的故事，绝没有我妈那种声泪俱下的效果。

"我妈说以后我就是个穷孩子了。"我以这句话作为故事的结束。本来我还想解释一下，但我发现我不知从何解释，便住了嘴。

他们沉默片刻。这个故事让他们没有料想到。

"那以后你打算怎么办呢？"阿金首先问道。

"我也不清楚。"我如实回答，"但我要搬到乡下住了。"

"到了乡下你还会看我们来吗？会想我们吗？"旗子说。说完他可能觉得这话有点矫情，便自己笑了起来。

"当然。"

我站起来。由于坐的时间太久了，我可以听见关节噼啪作响的声音。我拍了拍屁股上的土。

"成了穷孩子你会怎么样呢？"小五说。

我有些茫然，我不知道作为穷孩子的我和之前的我会有什么区别。我感觉我的心里像是被人放了一个沉重的东西，但我并不知道它是什么，它是看不见摸不着的。

这时一阵风吹来，我心里的东西仍然纹丝未动。

阿金突然说："那阿克你是不是要变成乞丐，沿街乞讨啊？"他的声音已经进入变声期，嗓子粗犷而刺耳。他的话引起了他们的一片笑声。说实话，当时我有些恼怒。我眺望着远处的云彩，阳光照得我有些睁不开眼。我有点后悔告诉他们这个。我走了自然会有新的人加入他们的圈子，而我的故事只会被当作笑料被他们提起。鬼才相信我会去想这帮家伙。

现在，我依旧可以感受到那时强烈的光线。我早已原谅了他们的取笑，我明白孩子们是不能忍受当时那种有些压抑的氛围的，而那种氛围正是我带给他们的。

等他们笑完，我说："我的事你们就别告诉别人了。"我知道这毕竟不是什么光彩的事。

他们都点了点头。

我第一个朝教室走去。

下午又听了几节课。老师在讲台前眉飞色舞，粉笔屑落到肩上。一小截粉笔头滚落到我脚边，我用脚把它碾碎，看着它变成了粉末状的一堆尸体。我靠在木制椅背上，等待着放学。

铃响了。老师恋恋不舍地放下粉笔。同学们纷纷涌出教室。我磨磨蹭蹭地最后一个才走。班长看着我说："你磨蹭什么哪？你最后一个走，那你就负责关灯。"

我点了点头。收拾好书包，我把灯一排一排地关掉，最后还细心地带上了教室的门。

四

走在街上，阳光依旧很和煦。明明都快要入冬了，可一点也没有冬天的迹象。我低头走在人群中。我是一个谁也不会注意到的毛头小子。我每天放学都重复着相同的路线：从学校走大概两百米到达车站，坐车大约二十分钟，下车走五百米，过一条马路，就到我家了。这条路我闭着眼睛也能走下来。

现在，我正站在马路对面。正是下班高峰期，车辆川流不息。对于一个没有红绿灯的路口，人与车的竞争在所难免。我静静等待着车流出现的空隙。

今天的车似乎格外地多。我试探性地伸出脚，但一辆逆行的摩托车从我面前呼啸而过，把我惊出一身冷汗。一阵风吹过，衣服冰凉地贴在我后背上，让我很不舒服。在我眼前，这条每天都要经过的马路似乎变成了一条怒腾的江水，没有任何空隙留给我。

我估摸着已经过去将近十分钟了，可我还困在马路这端。最后，终于有一大帮酒气熏天的家伙帮我开辟了一条道路，我急忙跟在他们后面。我回头望了望，感觉还有些心有余悸。

当我来到家门前，掏出钥匙，门却半天也捅不开。一个念头闪过我的脑子：锁已经换了，这间房子已经不再是我的家了，它已经属于别人。我在门上靠了一会儿，大脑一片空白。我没有别的地方可去。直到最后我才发现是我拿错了钥匙。我打开门时可以听到我的心脏还在怦怦跳动，仿佛这个家是失而复得的。

这个时候天已经黑了。每年到这个时候天就黑得一天赛着一天早。我摸索着打开客厅的灯，发现我妈正坐在客厅的沙发上。我吓了一跳。她穿着一身黑色毛线衣，让人觉得像是一块礁石。我站在原地，不敢轻举妄动。

"今天怎么回来得这么晚？"我妈坐在那里一动也不动。她的语气像是一块石头打破了我们之间的天平。现在，她是一个高高在上的审问者，而我则是她的嫌疑人。我讨厌这样的气氛。我有很多次都思考为什么每次一交手我总是处于下风，最后我得出结论：因为那个人是我妈。我只能皱着眉头表示抗议。

"我……"我一时找不到更好的解释。

"你是不是又跟什么阿金他们混在一起了？"她突然站了起来，用手指着我。这是一种令人很不舒服的举动。我只能把眉头皱得更紧，并且努力地控制住内心的恐惧。

"你知不知道他们都是些坏孩子？虽然咱们家穷了，但也要有志气！你以后不允许再跟他们在一起了！"

我的恐惧感竟慢慢消失了，取而代之的是一种空落落的不适感。我感到全身的力气在一点一点地消失。我说："妈，我累了，我想上床休息了。"说着便转身往卧室里走。

我可以听见我妈穿着拖鞋在地板上跑来的声音。她从后面抱住了我。她贴着我的脸，说："我的儿子，你千万不要学坏啊。咱家穷了，你爸不可能再翻身了。但你千万别学坏呀，否则我还有什么盼头？"她的泪水滑落到我脸上，很烫。我只感觉到一阵冷气像条虫子爬过我的全身。

我躺在床上。

家庭会议正在客厅举行。已经很晚了，我看了看床头的钟表：现在是深夜两点钟。他们以为我睡了，但对我还是不放心。我妈细心地关上了房门。他们以为这样我就听不到他们的话了。

我躺在床上。窗外是月光与灯光，照进屋子里，照在床单上。这座城市似乎永远都不会熄灭所有的灯光。它就像以前我听说过的一种怪物，它有上百只眼睛，人们不知它什么时候才会闭上所有的眼睛。后来我知道那只怪物叫阿耳戈斯，出自希腊神话。

我可以听见激烈的争吵声，内容涉及搬迁事宜，以及爸妈离婚后财产的分配。当然，还有我的归属问题。我爸妈都不愿意放弃我的抚养权。他们自然有着他们自己的衡量与打算，我需要做的就是安静地躺在这里，一句话也不要讲，像个商品那样忠诚。

　　好吧，你们放心好了，我一句话也不会说的。

　　用我少年的头脑也能想明白，像现在这样的争吵是不会有结果的。我可以想象到，我妈会在忍无可忍的情况下摔门而走。而我爸会用颤抖的手点燃一根烟，用曾经商人的大脑思考如何使自己在这场纠纷中处于不败之地。我妈也不会闲着，她可能会连夜去找律师，寻求法律的帮助，她会对律师说她一刻也等不了了。我的奶奶会在一旁抹眼泪，而我的爷爷将会再一次想起一九六一年的那场大雪。

梦想

蛇尾

一

晚上十一点，火车缓缓驶进了小城。此时的小城被一片蒙蒙雾气笼罩着。火车像是一个得了关节炎的老人，吱吱呀呀艰难地停下，然后从内部吐下几名乘客。这几名乘客如影子般消失在了夜色中。火车再次启动时，空荡荡的站台上只剩下了两个人。

这是一个破旧的小站，凌乱摆放的长椅，像皮癣一样剥落的墙皮，瘫软在墙角的醉鬼，这里的一切似乎和十年前没有什么两样。十年前，杰克正是从这里被迫过上了流亡的生活。

杰克是一个面带忧郁并不起眼的青年。他穿着褐色的大衣，戴着一顶黑色旧式礼帽，手里提着一只旅行用的深色皮箱。他沉默不语，几乎与夜色融为了一体。

在杰克的旁边，站着一个胖子，比杰克矮半个头。虽然天气凉爽，但他仍然不时拿出手绢擦着额头上的汗。与杰克的沉默相反，他正滔滔不绝地说着。

"喂，小兄弟，这个地方挺不错，我是说真的，并没有半点奉承的意思。你知道，干我们这行的，全国各地不停地跑，什么地方没有见过。但是说真的，我第一眼就喜欢上这里了。多么清静的小城！适合找一个咖啡馆，一边喝咖啡一边欣赏来往的行人。可惜我没有这样悠闲的时间，头儿给我安排了这么多业务，估计我没有时间去欣赏这里的美景了。不过话说回来，兄弟，你们这里的人会买我的保险吗？"

胖子一边说一边擦着像油一样从额头流下的汗。杰克依然没有说话。

他环视着周围的景象，一幕幕回忆在脑中过电影一般掠过。他轻轻吐了一口气。

胖子将他肥胖的大手搭在杰克的肩膀上，热情地说："小兄弟，我们虽然是萍水相逢，但我知道你是一个年轻有为的人。这里是你的家乡，你一定感触颇多吧！再过一会儿我们就要分别了，在分手之前老哥想请你喝一杯，来吧！这里有什么好一点的酒馆吗？"

梦
想

012

胖子是杰克在火车上认识的一名保险销售员。在漫长的旅途中，有一个伙伴也不错。杰克看了看站台一侧的钟表，点了点头，说："好吧，我记得这附近就有一个不错的酒馆，但那已经是十年前的事情了，我不知道现在它还在不在。"

两个人就这样走出站台。路上遇到了一个乞丐，他醉醺醺地朝他们两个伸出手。胖子皱了皱眉头，瞅瞅看了一眼杰克。杰克目不转睛地盯着前方的道路。他们走过乞丐，朝小城深处走去。乞丐含混地骂了一声，在路灯旁睡着了。

那个小酒馆还在。杰克和胖子走进酒馆。酒馆的老板正在柜台前忙碌着。杰克将帽檐悄悄地往下拉了拉，帽檐的阴影遮住了他的眼睛。

酒馆的生意并不好，光线阴暗，只有几个客人稀疏地坐在角落里。杰克和胖子找到一处坐下。酒馆老板殷勤地走过来，笑着对他们说："客人想来点什么？"

"来一扎黑啤酒。"杰克说。胖子要了一小杯威士忌。

"来，干杯！"胖子大声说，"真是伤感。你知道，我第一眼看到你就知道我们会成为很好的朋友！真的！这点我从不怀疑。你知道，推销保险这个活儿不是人干的，天天都要看人的脸色行事，而且不得休息，能像这样和知心的朋友一起坐下来喝喝酒，对我来说简直就是一种奢侈，唉唉……"

酒馆老板一直注视着这两个客人。一个话痨，一个沉默，这本身就有点奇怪。更奇怪的是，老板觉得那个沉默不语的年轻人身上似乎有什么自己熟悉的东西。

他一边擦杯子，一边偷偷观察那个年轻人。

这时，年轻人似乎觉察到了什么。他抬起头，正好与酒馆老板的目光相遇。

老板吃了一惊，就像是有一道闪电在他脑中轰然划过。

那名年轻人低下了头。

话痨的胖子很快就醉了，来来回回重复着一些毫无意义的话。年轻人举起了手，示意结账。酒馆老板走到他面前，更清楚地看到了年轻人的面孔，此刻他更加相信自己的判断了。他不动声色地接过了钱，将多出来的钱找给年轻人。

老板目送着这两个人走出酒馆。

"是他吗……难道，杰克真的回来了吗？"老板望着年轻人的背影怔住了。

二

赛克林酒吧此时灯火通明，一派喧闹景象。

每到这个时候，小城的年轻人就会聚集于此，打发着漫漫长夜的无聊时光和过剩的精力。今天晚上，一支颇受年轻人欢迎的乐队将在这里演出，所以酒吧里的顾客比以往多了近一倍。很多人早早就来到这里，三五成群，聚在一起聊天喝酒。酒吧上上下下都忙得不可开交。

酒吧老板是一个身材短粗的人。他坐在吧台后面，眯着眼睛，静静地看着吵闹的人们，似乎与周围热闹的氛围有些格格不入。他锐利的眼神一遍遍扫过人群，如果与他对视一眼，定会觉得毛骨悚然，但此时没有人会注意到他。

直到一个中年男人出现在酒吧门口，酒吧老板才连忙从角落里走出来，迎了上去。中年男人对酒吧老板微微点了一下头，径直走到吧台前，找到一个位置坐下。在中年人后面，还跟着几个彪形大汉，他们找到一处距离中年人最近的桌子坐下了。

酒吧老板变得殷勤起来，他笑眯眯地对中年人说："欢迎您大驾光临，我这里刚刚进了一批上好的威士忌，您稍等……"说着给后台的服务生做了一个手势。服务生心领神会，不一会儿，一杯威士忌端了上来。

与酒吧老板相反，中年人从进门开始就显得有些心不在焉。四周五彩

013

第一辑 迷鹿

缤纷的灯光照在他的脸上，使他的表情有些飘忽不定。他将威士忌一饮而尽。

老板也注意到中年人的心情似乎不是很好，于是他不再说话，给服务生使了一个眼色，就忙自己的事情去了。

暖场的音乐响了起来，都是一些节奏感十足的摇滚乐。酒吧里的人群更加兴奋了，他们纷纷涌进舞池，扭动着身躯。滚烫的汗水像小雨一样挥洒着。灯光配合着音乐忽明忽暗，变幻着色彩。

中年人背对着舞池，一口一口地喝着威士忌。从早上开始，他的眼皮就开始跳动，这似乎并不是一个好兆头。他突然想起了十年前的那个夜晚，也是在这间酒吧里发生的事情。那天他一枪就结果了当时小城的黑帮老大——金。在这之后他坐上了小城黑道的第一把交椅。人们都说，他杀金是天经地义的，因为他的父亲当年就是被金一枪毙命的。

这时，人群中爆发出的一阵欢呼打断了他的思绪，原来是乐队的成员陆续进场了。乐器被工作人员摆到了舞台上，人们高呼着乐队的名字，甚至有些铁杆歌迷还哼唱起了乐队的代表作。人们陷入了一种癫狂的境地。

可这一切都与中年人无关，他依旧郁郁寡欢地喝着酒。他身后的几个保镖正襟危坐，不断环视着四周，一刻也不敢怠慢。最近一直流传着金的后人将要为父报仇的传闻，并且传闻说金的后人已经回到了这座小城。

中年人感到一种从未有过的疲倦，他也不知道自己究竟是怎么了。他想：二十年前，金杀死了我的父亲；十年前，我杀死了金；十年后，金的后人开始找我报仇。这一个简单的公式让他产生了巨大的虚无感。

灯光流转，乐队的演出正式开始了。整个酒吧的灯光暗了下来。

中年人点燃一根香烟。

乐队的主唱唱出了第一句歌词。

中年人感到心烦意乱，他站起身，走到酒吧门口，站在外面静静抽烟。

他身后的几个保镖连忙跟了上去。

乳白色的雾气笼罩着这个小城。

送走了饶舌的胖子，杰克稍稍舒了一口气。他整理了一下思绪，开始辨认前方的道路。虽然已经离开这里十年了，但眼前的景象似乎并没有什么变化。那些熟悉的街道，熟悉的灯光，熟悉的气味，像是一把钥匙瞬间打开了他的记忆之门。

他定了定神，朝前走去。

一般到这个时间，小城的居民就不再外出了，因此街道上几乎没有行人。杰克匆匆地走在夜色中，帽檐压得很低。他知道自己不能大意，这个小城仍然有许多人会认出自己，比如刚才那个酒馆老板，似乎就有所察觉。杰克记得，父亲生前曾带自己到那个酒馆去过几次，他与酒馆老板关系不错。

两旁的街灯大都坏掉了，其中大部分是被顽皮的孩子用石头打坏的。杰克回忆起，自己小时候也曾干过这种事。

昏暗的街道对于杰克来说是一种绝好的掩护，这让他自信起来。十年的历练，就是为了今天的复仇。想到这里，杰克提着皮箱的手攥得更紧了。

他穿过雾气，走在空旷的小城街道上。

杰克看看四周无人，便闪身进入了一条小巷。这条小巷几乎没有光亮，只有附近还没有关灯的民居照射出的一丝灯光，使他勉强可以看清脚下的路。

几只野猫在垃圾箱间徘徊。它们注视着眼前这个不速之客，眼睛发出绿幽幽的光。

杰克将皮箱放到地上，俯下身子，半跪着将皮箱打开。皮箱里装着满满的衣物。他将衣物全部扔了出去。在皮箱的夹层里，放着两把自动手枪，四盒弹匣，一把匕首。

将一切装备好，杰克扔掉皮箱，走出小巷。

四周依旧静悄悄的，只有偶然从远处传来自行车的铃声。

杰克知道，无论今天成功还是失败，他的人生都将发生巨大的转变。其实从他的父亲被杀那天开始，他的人生就已经改变了。

他与父亲的关系其实并不好，他的理想也与父亲大相径庭——他的理想是做一名画家。可是这个理想永远也无法实现了。从父亲死于非命那天起，他就背负着仇恨的重担，仇恨将笼罩他的一生。有时他甚至会怨恨父亲，如果父亲当初只是一个安分守己的普通人，那么这些事情也不会发生在自己身上了。没有了仇恨，他的人生将是另外一种情况。

杰克面容冷峻地朝前走去。他努力让这些乱七八糟的念头从自己的脑子里挤出去。他知道这些念头对今晚的复仇有害无益。

目标越来越近了。

他几乎与夜色融为了一体。

他想起十几年前，他也曾走在这些再熟悉不过的街道上，可是那个时候他怎能想到今晚的情景呢？四周的景物是如此熟悉，甚至一草一木都没有什么改变。一时间，他甚至有种错觉：他又回到了童年。

命运真是个奇妙的东西啊。杰克想，当初拿石头砸街灯的小孩如今怀揣利器与仇恨，要去结果仇人的性命。那个孩子与现在的自己有什么关系？难道还有什么比这个更为奇妙的吗？

他甚至感到一丝欢愉。

目标越来越近了。他已经隐约可以看到远处那个醒目的标牌，在夜色中闪烁着霓虹的光芒：

——赛克林酒吧。

梦想

四

赛克林酒吧。

乐队的演出终于结束了，谢幕后，舞台顿时陷入一片漆黑。人们穿好衣服，各自兴奋地谈论着什么，成群结队走出酒吧。

而在酒吧门口，中年人已经抽了好一会儿闷烟了。这时他把烟熄灭，逆着人群走进酒吧。他的几个保镖也赶忙跟了上去。两股人流使本来狭窄的酒吧门口一时有些拥堵。

中年人回到座位上，使劲揉着自己的太阳穴。酒吧老板笑眯眯地来到吧台里面，对中年人说："您怎么了，一副无精打采的样子，是不是遇到什么麻烦的事了？如果有用得上兄弟的地方您尽管说。"

中年人摆摆手。"没有什么，只是觉得有点头痛……刚才的音乐让我很不适应，看来我真的是老了……"他说着自嘲地笑了笑。

"嘿嘿，可不是嘛，"酒吧老板一边擦拭玻璃杯一边说，"咱们比不了那些年轻人了。看着他们，就好像咱们已经是这个世界上多余的人。最近我总是做噩梦，简直比白天的时候还累啊！"

中年人沉默不语。酒吧昏暗的灯光照在他的脸上，在他稍稍凸起的额头和深陷的眼眶周围投下了一层阴影。"再给我杯酒，"他面带微笑说，"今天我不想回去了。"

表面上，他似乎并不把任何事放在心上，但实际上他一直在回想着自己做过的一个梦。梦中他看见一条蛇正在吞噬着自己的尾巴；它把身体蜷成一个圆圈的模样。这个梦越来越频繁地光顾他，使他心烦意乱。

酒端上来了。中年人握住了酒杯。

他就这么握着，这让他感到了片刻的安心。

皮鞋声响了起来，一个大块头来到中年人身旁。他穿着黑色西装，光着头，厚厚的嘴唇使他看起来很彪悍。他毕恭毕敬地站在中年人旁边，不住地搓着手。

"罗西，有什么事吗？"中年人抿了一小口酒。罗西是他的保镖队长，是他的得力助手之一，也是一个在小城让人闻风丧胆的人物。

此刻他一脸讨好地站在中年人身边，微微地弓着身。

其实中年人早就猜到罗西要说什么了。中年人让酒在喉咙里咕噜了几下，才咽下去。他说："我知道你要干什么，但我不能借你。什么时候你把赌瘾戒掉了，我再借你钱。"

这已经不是第一次了，并且最近一段时间罗西借钱的次数越来越频繁。谁都知道，他经常在外面赌博，几乎把老本都赔进去了。

"请……请您通融通融……"罗西似乎是在恳求。

中年人摆了摆手，不再理睬罗西了。

第一辑 迷鹿

罗西在原地愣愣地站了一会儿，就过去和那些保镖们坐在了一起。

他们打起了桥牌。

酒吧老板注意到，罗西会时不时地抬起头看一眼中年人。

而中年人留给他的只是一个沉默而虚幻的背影。

中年人已经感到些许的醉意。他不禁再次想起了十年前的夜晚，他杀死金的那个夜晚。他突然想到，自己现在坐的这个位子是不是就是当初金坐着的位子？

"喂，你还记得我打死金的那天晚上吗？"中年人问道。

酒吧老板显然吓了一跳，他没想到中年人会突然问起这个。他停下了手中的活计，说："当然记得。金的死是罪有应得。"

"那天他是不是就坐在我现在的位子上？"

"唔……"酒吧老板皱了皱眉头，他永远也猜不透眼前这个人的心思，"我真的记不清楚了。这种事有谁会记得清楚呢？哈哈。"为了化解自己的窘迫，他勉强笑了几声。

可是中年人并没有笑。酒杯在他的手里慢慢旋转着。不知道从什么时候起，他感到一种巨大的虚无感正在侵蚀着自己，而回忆往事正是这种虚无感的表现形式之一。

他的眼皮又开始剧烈地跳动起来。

五

赛克林酒吧巨大的霓虹招牌在小城的夜空十分显眼。杰克隔着老远就可以看见。在沉寂的小城的夜晚，只有这里是一派繁华景象。酒吧门口不断有人进进出出，地上残留着一摊摊人们酒后吐过的秽物。

为了谨慎起见，杰克并没有贸然闯入。

他隐藏在附近的一条小巷内。几分钟后，一个穿着酒吧服务员衣服的小个子男人急匆匆地从酒吧走了出来。他脱离了欢闹的人群，走到一盏昏暗的路灯下停住。

路灯的光晕显得油腻腻的。这是他们之前约定的地点。

"喂，巴迪，我在这里。"杰克悄悄地喊了一声。那个叫巴迪的小个子服务员愣了一下，随即警觉地看了看四周，然后闪进了小巷。

"您放心好了，"巴迪显得很紧张，呼吸有些急促，"他就坐在吧台第三个椅子上，没带多少保镖。相信凭您的身手，这些人都不在话下。"

"辛苦你了，"杰克拍了拍巴迪的肩膀，"我若成功，必不会亏待你的。"

巴迪在黑暗中点了点头。

"好了，"杰克深吸了一口气。手枪就别在他的腰间，他甚至可以感觉到火药散发出来的热量，"行动吧！"

"请等等！"巴迪拽住了杰克的袖子，"还有一件事我差点忘了说。他的女儿今天也在，正在酒吧外面骑自行车。小家伙刚刚学会骑车，整天都骑个不停。"

杰克疑惑地朝酒吧门口望去。果然，他看到一个小女孩正在骑自行车转悠。她的车骑得歪歪扭扭，显然还很不熟练，但她看上去很快乐。一个穿黑色制服的保镖站在不远处看着她。

杰克感觉刚才的勇气似乎流失了一些。这个小女孩让他想起了自己的童年。父亲被杀的那年，自己与这个小女孩应该差不多大吧！父亲被杀的厄运如今也要降临到她的头上了。想到这里，他第一次有些犹豫。

"怎么了？"巴迪看到杰克有些迟疑，不解地问。

"没什么，"杰克盯着那个小女孩，说，"等我动手后，你负责干掉看守小女孩的那个保镖，然后让小女孩赶快跑。"

"你是说……"巴迪舔了舔嘴唇，"要放过那个小女孩？"

"是的。你可以说我优柔寡断，心慈手软。但我还是想放过那个女孩。"杰克说。

"好吧。"

杰克走出小巷，慢慢地接近酒吧，尽量不惹人注意。他的手心渐渐出汗了。酒吧的大门越来越近，似乎像是一个黑洞在吸着他走。十年的流亡时光一幕幕浮现在眼前，回忆与现实一幕幕重叠在了一起。

"对不起！"杰克感到自己的小腿被车轮撞了一下。他看到那个刚刚学会骑车的小女孩正一脸愧疚地望着自己，"我不是故意的，请您原谅，"她低声说，"我忘记按车铃了。"

杰克的嘴唇动了动，但半天没有说出话来。最后，他冲着小女孩笑了笑。

"孩子，一会有一个叔叔会叫你离开这里。到时你就骑着自行车，走得越远越好，明白了吗？"杰克说。

"为什么？"小女孩睁着清澈的大眼睛，不解地问。

"为了试一下你究竟能骑多远。"杰克冲着女孩眨了一下眼睛。然后他直起身，朝酒吧门口走去。

他推开了门。

六

门被推开了。

一个穿着紧身黑色皮夹克的女孩走了进来。她面色冷峻，头发染成微红的颜色。她一进门便坐到了中年人的旁边，对酒吧老板说："来一杯威士忌。"

中年人仔细地看着这个女孩。她身上有一股气息吸引着他。这种气息甚至使他有些欲罢不能。女孩抿了一小口酒，转过头来，与中年人对视。玻璃酒杯上留下了女孩的唇印。

女孩冲他莞尔一笑。

中年人也笑了笑。

"看，老大在眉目传情哪！"一个保镖对着另一个保镖说。另一个保镖捂着嘴，嘿嘿坏笑着，压低声音说："瞧着吧，今晚老大有的忙了！"他说完，一桌子的人都低声笑了起来。只有罗西脸色严肃。他紧盯着女孩和自己老大的一举一动。

"我很熟悉这个笑容。"女孩对中年人说。

"我知道。"中年人点了点头。他的声音似乎有着些微的沙哑。

"你知道？"女孩显得有些惊讶，"你知道什么？"

"我知道你一定忘不了我的笑容。"中年人说着又笑了笑。

女孩没有说话，她喝了一口酒，沉默片刻后说："没错。我每天夜里都会想起你的笑容，这笑容多令我难忘啊！"女孩的语气似乎带着一些挖苦。

中年人终于知道女孩身上吸引他的是什么了。

是死神的气息。

事情似乎就发生在一秒钟内。女孩瞬间拔出了枪，顶在中年人的额头。中年人身后的保镖措手不及，也急忙拔枪。"砰砰砰！"几声枪响，保镖们全都饮弹倒在了椅子上，有的人甚至还没来得及站起来。

开枪的是罗西。他的枪口缓缓冒出一股白烟。现在，他将枪口对准了酒吧老板。酒吧老板的枪正对准女孩。对峙开始了。

空气中弥漫着硫黄的味道。

"其实从你一进门，我就认出你来了。"中年人并不慌乱。

"哦？"女孩冷笑，"那你怎么不从我一进门就开枪打死我？"

"我自己也不知道，可能是上天的安排吧！"中年人一直保持着微笑，"我早就料到会有这一天。如今你终于回来了，这很好。"

女孩紧紧咬着嘴唇，眼睛很快蒙上了一层雾气。

"这一天我已经等了太久了，"女孩此时杀气腾腾，像是变了一个人，"杰克！十年前你杀死了我的父亲金，今天我找你索命来了！"

杰克目光闪烁。他轻轻呼出一口气，说："我知道，你对我有着刻骨的仇恨。今天是我的报应。我杀死了你的父亲，如今你来杀我，这一切都是宿命。"

"你想博得我的同情？"女孩嘲弄似的问。

"不不不，你误解了。"杰克有些黯然。

"不论如何，今天你都逃不掉了。十年前，你杀死了我的父亲。我永远也忘不掉你的那张脸！还有你那该死的笑容！哈，像是一个大哥哥一样温和。我真是无法想象，一个要杀死你父亲的杀手，竟然能对你露出那样像家人一样的微笑，真是太可怕了！"

女孩越说越激动。

杰克的表情变得痛苦起来，他的嗓音比刚才还要沙哑许多。"其实……"他似乎每说一个字都特别艰难，"其实我当时想的是，如果你能做我的模特，我一定能画出全世界最美的画来。"

"画？"女孩满脸疑惑。

杰克并没有说下去，他谦卑地对女孩说："临死前，我可以再喝一杯酒吗？"

"当然可以，"女孩脸上露出一抹嘲讽的微笑，"我倒要看你能耍出什么花样来。"

"巴迪，再给我倒一杯酒。"杰克说。

酒吧老板——巴迪，他看了看杰克，又看了看叛徒罗西，终于无可奈何地放下了枪，将杰克的杯子拿过来斟满了酒。

"我终于不会再感到痛苦了，"杰克一边旁若无人地喝着酒一边说，"这个罪恶的轮回应该到我这里为止。因此我没有结婚，也没有儿子。往事不断地在折磨着我，而今它终于彻底远去，巴迪啊，这都是咱们的命啊——好了，我喝完了，你开枪吧。"

梦想

林一进门，就看见妻子在厨房里烟熏火燎地忙碌着。他把大衣放在客厅的沙发上，走进厨房，从后面轻轻地抱住了妻子。同时，他看见水池子里的水就快要溢出来了。

"你吓了我一跳。"妻子挥动着铲子，头也不回地说，"你先去休息吧，别待在这里，我都不知道该干什么了。"她瞥了一眼水池，连忙挣脱开丈夫，关上水龙头。她从里面拿出了一只西红柿放到案板上。

"今天吃什么？"林松开妻子后，捡起掉在地上的一只汤勺。那汤勺是软金属质地。他用手轻轻掰了掰，汤勺很不情愿地微微弯曲。然后他把它放到水龙头下面洗了起来。

"有什么让我帮忙的吗？"

妻子把切好的西红柿放到盘子里。

"林，这里不是你的地盘，快去休息吧。"

林从厨房里走了出来，坐在沙发上翻起一本杂志。那上面有许多花花绿绿的图片，好多种颜色和那些男男女女的脸庞搅和在一起，让林有些昏昏欲睡。他又勉强地翻了几页，仿佛想从里面找出些有价值的东西来。但那上面除了明星的隐私就是政客的一派胡言。他合上书，想在吃饭之前眯一会儿。

"你猜今天吃什么？"厨房里传来妻子的声音。他睁开眼睛。看来大功告成了，他想。他自然猜不到妻子要做的东西，但今天一定是些新鲜的。他看了看天花板，那上面裂了几道小缝。

"吃什么，亲爱的？"他已经习惯了这种默契的配合。妻子从厨房里跑出来，把一册食谱扔到他面前，然后又转身跑进厨房。

他把食谱从书签的地方打开，发现了"罗宋汤"。上面写着，那是一种把牛肉、土豆和胡萝卜的小碎块放在一起，再加上洋葱和番茄混合而成的一种既酸又甜的汤。他知道，这种汤做好了一定非常好吃。

"非常好，我已经可以闻到汤的香味了。"

他从沙发上站起来，伸了伸懒腰。他已经步入中年了，早就已经大腹便便。坐下来，肚子上就像戴了一只救生圈。他想起在中学的时候他精瘦的身材，不免对过去的自己产生了羡慕。他在客厅里无所事事地走来走去。忽然，他站住了，仔细倾听着楼道里传来的一种声音。那是一系列轻快而有力的脚步声。他知道那是儿子的。在他小时候，从脚步声他就可以辨认出是爷爷奶奶或是父母，现在他可以辨认出儿子了。

不等儿子摁门铃，他就打开了门。

儿子像一阵风似的把书包扔在桌子上，然后扑倒在柔软的沙发上。"累死我了！"儿子趴在沙发上说，"爸，你知道今天学校让我们干什么吗？真是累死我了。"

林走过去慈爱地拍了拍儿子，说："快去洗手去，一会儿吃饭叫你。"儿子磨磨蹭蹭地去洗手，然后换上了拖鞋，回到自己的卧室。

饭桌上，罗宋汤大受欢迎。儿子已经喝了两碗还想要。妻子有点为难，怕儿子晚上被撑得难受，但最后还是妥协了，给儿子又盛了大半碗。

外面的天气很寒冷，窗户上蒙上了一层厚厚的水汽。

"不知道你们单位的老卓最近怎么样了。"林一边嚼着面饼一边说。

妻子抬起头，说："不知道，他好像调走了。不过他确实挺不容易的，家里条件那么差，还欠了一屁股债。听说有一次债主都堵到他家门口了。老卓发现了都没敢进屋，在外面溜达了一夜。"林看到妻子摇了摇头。他把面饼放到一边。

"不过老卓人确实不错，他不是还帮过你不少忙吗？"林想努力地回忆老卓的样子。他只见过他不超过三次。那天老卓临走的时候，很用力地和林握了握手。

"嗯，是的。"妻子继续喝汤，"你怎么突然想起他了？"

"我吃好了！"儿子把碗往桌子上一放，转身跑回卧室。

林看着儿子关上卧室的门，轻轻地叹了口气。

"你叹什么气？"妻子放下勺子。

林有些慌张，他也不知道刚才他为什么会叹气。至于妻子的问题，他只能坐在椅子上一动不动。

"没什么，我也不知道。"

"你总是这样！"妻子的声音有些沙哑，"你没事总叹什么气呢？总让我摸不透你。你是不是觉得我不好？你是不是还想着那个人？你要觉得没意思可以去找她啊！"

妻子的眼圈有些红了。林看着桌子上渐渐变凉的汤，对妻子说："你小声点，别让儿子听见了。"妻子并没有理他，而是继续说下去："我下班回家辛辛苦苦打扫屋子，还要给你们做饭，你就这样对待我！"

林不知道该说什么。他不知道妻子今天为什么发这么大的火。不过他知道这些都是暂时的，一会儿一切都会恢复正常，他现在能做的只有等待。于是他一句话也没有说。

门铃响了。妻子停止了抱怨，擦了擦眼睛去开门。

门口站着一对青年男女，都嘻嘻哈哈的。女孩显得有些不好意思，用手碰了碰男孩的胳膊。男孩显然在组织语言，一时说不上话。妻子有些奇怪，问道："你们是？"

最后还是女孩首先开口，"我们是你们的邻居，我们想管您借点东西……"女孩说完后还略显尴尬地笑了笑。

妻子有些诧异："你们是什么时候搬来的？"她知道，对门已经搬走有些时日了。

"就是刚刚！"男孩说，"准确地说，我们应该……已经搬来有两个小时了。"他低头看了看腕子上的表。

妻子回过头来看了看自己的丈夫。林依旧坐在那里。妻子对门外的人说："你们想借什么？"

"我们就是想借点醋。"男孩说。

妻子笑着说："没问题。你们是要做饭吗？"

"不是的，我们在搞创作。"女孩夸张地把她的裤兜翻了出来，"可我们一点钱也没有啦。"

这时林站了起来，对妻子说："让他们进来待会儿吧。"妻子看了他一眼，没有说什么，对他们说"请等等"，然后去厨房拿他们需要的醋。

林把他们请进客厅，让他们坐下，说："喝点什么吗？"

几乎是同时，女孩说："不用了。"男孩却说："给我来杯酒，可以吗？"林笑了笑，从冰箱拿出一瓶啤酒。林摸了摸，是刚刚放进去的。他把酒递给男孩，说："不好意思，家里只有这个。"

他重新坐下来，问他们："你们是搞什么的？"说出这句话后，他突然有一种置身梦境的感觉。这句话在他过往的岁月里，曾被别人问过许多次，他也同样问过别人。多年来他重新说出这句话，仿佛旧时光又在某一点与他相遇了。他的眼前出现了那个偏僻的小村子，那是他们的乌托邦。以至于他连女孩的回答都没有听到。

"对不起，你刚才说什么？我没有听清。"林略带歉意地对女孩说。

林的妻子提着一瓶醋从厨房出来，对女孩说："这些够吗？"女孩连忙站起来说："实在谢谢，我们其实用不着这么多，只要一点点就够了……"她看了一眼男孩，仿佛希望他也说点什么。可男孩只是在喝酒。

"呵呵，你们先用吧，不要紧的。"妻子对女孩说，"你们要它做什么？"

"为了我们的画。"女孩说，"我们想要用醋这种司空见惯的东西来表现生活的真实性。"

"或者说虚幻性。"男孩说。

女孩看了男孩一眼，然后笑着说："是的。"

妻子摇了摇头，说："呵呵，我听不懂也不明白。但听上去挺有意思的。"

女孩搓搓手，笑了笑。

妻子接着说："我家这位以前也是搞艺术的……"

一直没有说话的林打断了她。"你们有没有听说过杏村这个地方？"

男孩眼睛一亮，说："你也知道那个地方？只可惜已经不存在了。××以前就在那，他是我最崇拜的大师。当然，那里傻×的人也不少。"女孩尴尬地笑着，双手似乎不知道该放到哪里。她对男孩说："泽，咱们该走了。"

"我还没有喝完。"那个叫泽的男孩摇晃着酒瓶。

女孩显然有些生气了，要还口说些什么。妻子连忙说："没事，没事，反正是邻居，你们就坐着聊吧，我去洗碗。"

女孩看着林的妻子走进厨房，不一会流水声响起。她对林说："您的夫人真贤惠。"

"她一直都这样。"林微笑着说。

大概有一分钟的时间，他们没有再说什么。男孩的酒已经见底了，但他却好像故意喝得很慢。

林咳嗽了一声，打破沉默。

"你们知道……"他迟疑了一下。

"知道什么？"女孩问。

他小声地说出了一个名字。这个名字在他的妻子面前他几乎不会提及。然而这个名字却与他无法分离。

"知道的。她曾经风光过一阵子，现在不知道去了哪里。"男孩放下酒瓶说。

林点了点头。女孩瞥了一眼墙上的挂钟，站起身说："时间不早了，我们该走了。谢谢你们的款待。"男孩也站起来，说："谢谢你的酒。"

林一一与他们握手，送走了他们。

林的妻子从厨房走出来。

"我看这个女孩挺不错。"妻子说，"绝对是个贤妻良母。你看，在那个男孩面前就像是他妈。"

“你也一样，贤妻良母。”林顺势把手搭在妻子肩上。

“你别油嘴滑舌。”妻子说，“刚才你是不是又提她了？别以为我没听见。”

他放下手，没有说话。

厨房的门被打开了，进来的是林的妻子。林站在里面，手里拿着一支烟。水龙头不时往下滴水。林的妻子已经找过许多次物业了，但一直没有得到解决。

刚刚洗过的各种餐具十分洁净，这当然也是妻子的功劳。现在，林站在狭窄的厨房里，默默地抽着烟。

“怎么也不开排风扇？”妻子把风扇打开。她讨厌烟草的味道。

“才刚刚点着。”林的声音有些颤抖。

妻子盯着他看了一会儿，然后说：“你……没事吧？”

林把烟从嘴上拿下来，用一种让人觉得夸张的惊讶表情看着她。“我能有什么事？”他下意识地寻找烟盒，却一时找不到了。他的妻子站了一会儿，最后说：“早点睡，明天还上班呢。”林点点头。她走出去，把门关好。

林依旧盯着门，好半天才回过神来。

烟蒂堆积在烟灰缸里。他把最后一根烟掐灭，脑子里已一片空白。他突然觉得有些事是该对他的妻子说说了。他离开厨房，发现卧室的灯还亮着。他轻轻走进卧室。妻子靠在床头，看见他走进来，她严肃地说：“我从来没看见你抽过这么多烟，告诉我，出什么事了？”

看到妻子，他突然感到了一种前所未有的轻松。这才是他的生活。他笑了笑，上床钻进了被窝里。他盯着妻子看了一会儿，然后吃吃地笑了起来。

妻子也被他的反常举动逗乐了，她说：“你今天是不是吃错什么东西了？”

“是啊。”他把一只手轻轻搭在妻子手上，“就是喝了那什么汤。”

妻子笑着在被窝里踹了他一脚，然后她突然想到了什么似的跳下床。

她从抽屉里拿出一份发黄的报纸。林从床上坐起来，问：“这是什么？”

“今天我打扫屋子的时候无意中发现的，”妻子把报纸递给他，并把上面的一幅照片指给他看。他看到了一张年轻的脸，那是二十年前的自己，那时他还住在杏村。一个报社的记者曾专题报道过杏村，在报道里大力赞赏了林的艺术天分，还配上了一张照片。

他盯着看了一会儿，想在上面找到些什么。最后他放弃了，把报纸轻轻放在一边，搂住了妻子。

"你在哪里找到的？"他问。

"在一个木箱子里，可能是搬家的时候带过来的，"妻子说，"我差点忘了你还是一个艺术家。"

林在妻子的额上吻了一下。妻子抱得更紧了。他笑了笑："这已经不重要了。"他放开妻子，换了一个姿势，躺在床上闭了一会儿眼睛，然后又睁开眼，问，"那个箱子呢？"

"我卖给收垃圾的了。"妻子说，"我翻了翻，除了这张报纸，里面就是些乱七八糟的东西了，我就把它卖了。咱们的房子太小了。你不会介意吧？"

林知道在那个箱子的最底下会有一个小本子，那上面记载着一些过去的事。他深吸了口气，情不自禁地笑了起来。妻子看着他，目光闪烁。她问："刚才那个男孩说的××，那个大师，是很厉害吗？"

林想了一会儿，说："我记不起来了。"是的，他在回忆一些人的面孔，可他发现这些人的脸都在记忆中发生了改变，甚至与他刚看过的杂志上的人混淆了起来。他不能确定那些脸是否就是他脑中的样子，或许，他早就把他们记成了另外一些人。静静地躺在他身边的那张报纸，当他拿起来重新看时，他终于从里面又看出了一些新东西。就快要落幕了。

妻子看了眼钟表，说："时间不早了，赶紧睡吧。"她又对林说，"把灯关了吧。"

"不，等等。"林的眼睛望着天花板。令他的妻子感到惊讶的是，他仿佛是在对另一个人说话。

"请等会儿再关，我想让它亮一会儿。"他盯着天花板，想了想。

"有件事想和你说说。"他说。

"什么？"本来已经翻过身去的妻子又翻了过来。他们两人脸对着脸。

"没什么，算了。"林伸手关掉了台灯，"睡觉吧。"

变

一

李志醒来后感觉头痛欲裂，像是被利器劈开。现在，酒已经喝干了，酒瓶歪歪斜斜地在桌子上滚动，随时发出玻璃碰撞的声音。和他喝酒的那个人也不见了。李志头昏脑涨，整个世界正在他的面前旋转。这时，一个服务生像是从海底冒出来，拿着账单，恭敬地说："先生，您是不是现在结账？"

李志浑身上下乱摸一气，但没有找到钱包。这时他才有点清醒，他想，难道我的钱包被小偷偷走了？他有点着急，于是又摸了一遍，结果是一样的，还是没有找到。

服务生似乎看出了他的窘迫，于是说："先生，不用着急，您是我们这里的老顾客了，可以下次方便的时候再结。"

李志有点懵，他不记得以前曾来过这里。他在心里窃笑，服务生一定是记错了，不过这样正好。可恶的小偷。

李志道了谢，好不容易才站起身，但眼前的世界一通乱晃。他差点就倒下了，还好及时抓住了椅子的靠背，才稳住自己。

服务生说："要不要我们给您打辆车？"

李志摆了摆手，说："不用了。"他慢慢地挪动着脚步。酒精在他脑袋里晃来晃去，好生难受。这次真的是喝大发了。他想，以前从来没有喝成这样，简直就像灵魂出窍一般，四肢和脑袋都不听自己使唤了。

好心的服务生扶着他走到了酒吧门口。服务生说："我给您打辆车吧？"李志连忙摇摇头，感觉舌头又大又麻，似乎已经死了，只剩一团肉摊在口腔里。

他不想回家。外面的风吹得他很舒服，很受用。行人来来往往，车辆穿梭不停。世界是一派繁忙的景象。最初的难受劲已经过去了，现在李志感到了前所未有的舒适感。世界依然在旋转，但已经不像刚才那样令他晕眩，而是有点飘飘欲仙的感觉。

于是他飘到大街上。人们看到这个步态不稳的人，就知道他醉了，于是纷纷避让。李志不知道时间和地点，他只是凭着感觉在走。

他觉得自己一口气飘了很远很远。

李志不知道自己来到了什么地方。天空已经变成暗蓝色，路灯渐次亮起。城市准备进入夜间时段。霓虹灯和广告牌在一阵通电的吱吱声中也被点亮，整个城市瞬间变得灯火辉煌。

但是无论多么灯火辉煌的城市，总会有一些如同盲肠般的幽暗小径。李志就走进了这么一条狭窄的胡同。只有一盏昏黄的路灯悬挂在他的头顶，大如圆月，把他的影子拉得很长。李志一边踩着自己的影子一边朝前走，他小时候放学就爱踩自己的影子玩，看来长这么大了依旧童心未泯。只不过那个时候影子只是一小截，现在已经长得很大了。他觉得今晚自己的影子格外高大，简直把整个胡同都笼罩住了。他不禁莫名地嘿嘿笑了起来。

突然，一个黑影拦住了他的道路。他脑子里闪过的第一个念头就是，抢劫。可是钱包之前就被偷走了，实在没有什么可抢的啊。

等那人走近了李志才看清，原来是一个形如枯柴的老乞丐。那个乞丐满头乱糟糟的银发，裹着一件肮脏的大衣，正朝李志走来。他看到李志，便停下脚步，有些惊喜地说："啊，原来是先生您！"

李志很奇怪，他不记得自己认识这个乞丐……或许真的认识，这个世界上没有不可能的事……但他不想停留，于是他继续朝前走。

"先生！"乞丐突然大喊了一声。李志吓了一跳，本来就软绵绵的双腿再也走不动道了。他只好停下来，看看这个乞丐究竟要干什么。

"先生，您是我见过的最好心的人，每次都会周济我……今天您也发发慈悲吧？"说着老乞丐伸出了一双粗糙如砂纸的大手。

李志听不明白了。他从来不会给乞丐钱，在地铁上见到乞讨的人都会闭上眼睛，怎么会每次都周济他呢？他一定是记错了。于是李志摆了摆手，

说："我没带钱包。"显然，乞丐并不相信他的话，他悻悻地缩回了手，走进暗处。

傍晚的气温有些低，风一吹，后背就感觉一片冰凉。冷风使李志的脑袋稍稍清醒了一些，他开始回想起之前的一些事。他想起来，跟他一起喝酒的人叫华先生。他们两人是发小，是小学同学又是高中、大学同学，关系自然没得说。但是让李志有点不好受的是，华先生和他在同一环境下长大，学历也都一样，可是现在他们两人的身份完全不可同日而语。华先生的生意近几年做得风生水起，早就已经腰缠万贯，在市中心买了一栋豪华别墅。而李志呢，只是一名普通的小职员，靠死工资过日子，有了孩子以后日子更是紧巴巴的。今天出去喝酒，就是因为刚和妻子吵完架，心里不舒服，想发泄发泄。

不想这些了。李志突然感觉有点想吐，就扒着墙角吐了起来。吐完，感觉好受多了，就扶着墙继续往前走。

走到一个橱窗前，李志停下来休息休息。他无意中瞥了一眼橱窗。这一瞥让他吃了一惊。倒不是因为橱窗里的东西，而是橱窗上浮现出的一张脸。

竟然是华先生的脸！李志惊讶地回头看了看，身后除了匆忙的行人，并不见华先生的踪影。李志使劲摇了摇头，把头摇得像是拨浪鼓。然后他再看，华先生的脸又浮现在了橱窗上。

李志眨了一下左眼，里面的华先生也眨了一下左眼；他抬起右手，里面的华先生也抬起了右手。李志感觉一股寒意从脚底升上来。他在橱窗上哈了一口气，玻璃上立刻蒙上了一片白雾。他把白雾擦掉，发现橱窗上面的华先生也在擦玻璃。

这是怎么回事？

李志疯狂地寻找一面镜子。他进了一个服装店，直接来到穿衣镜前。眼前的场景令他震惊了——镜子里的人竟然是华先生！李志目瞪口呆，使劲掐了自己好几下，确定并不是做梦。

周围的人诧异地看着他。

李志神情恍惚地走出服装店，走到了灯火辉煌的大街上。他的脑子一片空白。这时大衣的口袋里有什么东西正在震动，李志把里面的手机拿出来，来电显示的是"家"。

手机响了好长时间，李志犹豫着要不要接。最后他一咬牙，按下了接听键。从手机里传来了一个女人温柔可人的声音："老公，这么晚了还不回家？你现在在哪儿呢，要不要我去接你？"

　　这个声音李志知道，是华先生的妻子。李志只见过几次，但印象深刻，原因是华先生的妻子长得实在太好看了，而且大方体贴，永远是笑眯眯的，让人感觉很舒服。所以只要有华先生妻子的场合，李志从来不带自己的妻子来，他觉得反差实在太大了……

　　李志舔了舔干燥的嘴唇，不知道该说什么。

　　"喂？你怎么不说话啊？"

　　"那个……"李志把手机换到了另一只手上，"你不用来接了，我马上就回去。"

二

　　李志知道华先生的住所，他想去那里和华先生的妻子好好谈谈，尽管事情是如此荒谬。

　　那是一栋二层带花园的小楼，李志曾来过几次。这里的一切都井然有序，似乎时时刻刻都在强调着"文明"这两个字。外面的铁门是用指纹识别的。李志站在楼下看了半天，踌躇着要不要上去。每次来他都会有点自卑，觉得自己像是个老土的乡下人进城一样，总之就是浑身不自在。李志在心里反复说："别怕，现在我就是华先生，是这家的主人，我有什么好怕的？"于是他一咬牙，把手指放到识别器下面。

　　"嘀"的一声，铁门自动打开了。

　　李志来到客厅。华先生的妻子迎了上来，顺手脱下了李志的大衣。这让李志一时间很是感动。李志结婚这么多年，从来没有享受过这样的待遇。别说妻子给他脱外衣，有时就连一句问候的话也没有。他想到这个情景：自己下班回来了，妻子坐在沙发上嗑瓜子或者看报纸，连眼睛都不带抬一下的。

　　这冷冰冰的还算是一个家吗？

　　李志越想越激动，眼圈有点红了。华先生的妻子把大衣挂在衣架上，看到李志这个样子有点奇怪，就问："老公，你怎么了？"

"哦哦，没什么。"李志慌忙摆了摆手。

华先生的妻子给李志沏了一杯醒酒茶，端到"老公"面前。李志连忙道谢。华先生的妻子奇怪地看着他，等李志喝完，她接过空杯子，关切地问："阿华，你怎么了，怎么就跟咱俩是陌生人似的，你竟然还向我道谢，真是笑死我了。"说完她冲着李志笑了笑。

她的笑容真好看。李志想。

"夫妻间就应该相敬如宾嘛！"李志感觉自己逐渐放松了下来。主要是华先生的妻子实在太有亲和力了，李志很久没有单独和这么漂亮的女人交谈过了，何况这个女人现在还对自己这么好。李志觉得其实在漂亮女人面前自己还是挺有幽默感的。

"你这个人呀，简直就像木头一样。"他想起自己的妻子对自己下的评语。

"呸，你才是一根不折不扣的木头！"李志愤愤不平地想。

过了一会儿，事情就变得有些尴尬了。时间已经很晚，华先生的妻子已经铺好床，等着自己的丈夫上床睡觉。

李志一直在假装看电视，心脏却越跳越快。要不要告诉她真相呢？如果真的告诉了她，她会相信我吗？她会不会把我当成神经错乱？是啊，这样的事情连自己都无法相信，更不要说是别人了。可是如果不告诉她的话，晚上难道真的要和她睡在一起不成？

李志虽然平时偶尔会精神出轨一下，但真到了大是大非的问题上，态度还是很严肃的。更何况，对方是自己发小的妻子，所谓朋友妻不可欺，万万不能占这个便宜，否则以后被华先生知道了，还不宰了自己。

不过真正的华先生现在在什么地方呢？这确实是一个大问题。

李志被这些念头搞得头昏脑涨。

华先生的妻子又叫了自己一声。李志站起身，搓了搓手，说："呃……那个，我今天想睡客厅，可以吗？"

华先生的妻子从卧室走出来，把手交叉在胸前，一脸惊讶地看着李志。

"你说什么？"

李志有点手忙脚乱地解释："你看啊，我今天有点不舒服，想一个人睡……我主要是怕影响到你……我肚子也不舒服，说不定半夜要上好几次厕所……睡在客厅比较方便……"

华先生的妻子双手叉腰，一脸的困惑。最后她只好说："那我给你找点药吧。"

李志拒绝了。他说自己现在好多了，只想好好地在沙发上睡一觉。

"你今天真的很怪。"华先生的妻子进屋前说了这么一句。

李志长出了一口气。他的额头上已满是汗水。

这时门铃响了。

李志连忙披上大衣，下了楼，来到铁门前。看到来者，他的头又晕眩了一下。

铁门外站着的正是自己！和自己这样面对面站着，对于李志来说真是前所未有的体验。不用说，那个自己才应该是真正的华先生。

李志打开了门，华先生一脸阴沉地走进来。李志第一次如此生动地观察自己生气时是什么样子，不禁在恐惧中又觉得有几分好笑。

原来，自己生气时是这么滑稽啊。

华先生并没有进客厅，他小声地在李志耳边说："这究竟是怎么一回事？你告诉我，我是不是在做梦？"

"我也不知道啊，"李志摊开双手，一脸无奈，"一醒来就这个样子了。"

"那我们怎么办？"华先生斜着眼睛看自己。李志越来越觉得眼前的这个真实的自己实在是太滑稽了，每个表情都那么惹人发笑。

"我怎么会知道……你有办法吗？"李志反问道。

"我想……咱们应该再去一趟那个酒吧，看看能不能让一切恢复原状。"华先生说。

"我的脑子都乱套了……"李志说，"好吧，那就按你说的，咱们什么时候走？"

"现在就走！"显然华先生已经有点气急败坏了。

李志连忙回屋穿衣服。华先生就在门外等待着。华先生的妻子见李志急急忙忙地穿外套，惊讶地问："刚才又是那个叫李志的找你？大半夜的你们要干吗去？"

"有一个大学同学聚会！"李志顺口编了一个谎话。

"都这么晚了……"华先生的妻子一边帮着李志穿外衣一边犹豫地说，"什么同学聚会大晚上的开啊？是不是又是那个李志的主意？他这个人总是不太靠谱……"

李志有点听不下去了，不禁反驳了一句："你怎么能这么说他呢？"

华先生的妻子一愣，然后似笑非笑地说："你倒责备起我了。他不靠谱这句话不是你亲口对我说的吗？再说了，他确实有点不靠谱……"

"我说过他不靠谱？"李志心里一凉。

"是啊，你跟我说的啊。我记得是因为什么来着，你对我说'李志这个人哪，还总是像个孩子似的，太不靠谱了'，这是你的原话啊。"华先生的妻子笑眯眯地说。

李志穿好外套就一言不发地出门了。他一直认为华先生是自己最好的朋友，他也为自己有这么一个成功的好朋友而感到自豪。可是没想到，华先生在心底里其实是看不起自己的。无意中得知了真相的李志心里有着说不出的难受。

五分钟后，华先生开着自己的高档跑车，载着李志行驶在了夜晚的公路上。华先生把车开得很快。李志则不时瞟一眼华先生，心里冷笑道：知人知面不知心的家伙……

而在别墅里，华先生的妻子无论如何也睡不着了。她觉得这个夜晚很怪异，有许多她怎么想也想不通的地方……

三

他们很快就把车停到了刚刚离开几个小时的酒吧前。两个人走进去，看到他们几个小时前坐过的位置正好还空着，便又坐到了那里。

现在虽然已经是凌晨了，但比起几个小时前，这里的热闹才算正式开始。今晚的演出乐队已经准备好了，舞台上摆满了精致的乐器。客人们虽然不算多，但情绪亢奋，进入了最佳的状态。酒吧的大屏幕里正播放着一支外国乐队巡演时的录像。黯淡的灯光在不停地流转着，一会儿是幽蓝色一会儿是暗绿色，照得人的脸庞阴晴不定。

这里是不夜城新的一天的开始。似乎这里的每个人都有着好心情，都受着音乐的影响而兴奋。人们欢呼着，叫喊着他们喜欢的乐队的名字。

只有两个人与这热闹的场面格格不入。他俩坐在幽暗的角落里，似乎在焦急地等待着什么。服务员走到了他们身边，恭敬地和其中一人说起了话。

"华先生，欢迎您。您想来点什么？"服务员手里拿着酒单，对着眼前的这个常客说道。在几个小时前，这名顾客喝得酩酊大醉，差点连路都走不了了，还忘记带钱包，最后只好赊了一次账。

"还是老样子。你就尽可能地上吧。"那个和华先生一起来的男人说道。

侍者皱了皱眉头。他见过几次这个人，每次他都是和华先生一起来。可是侍者并不喜欢这个男人，不光是因为此人尖嘴猴腮的相貌（华先生可是仪表堂堂），更重要的原因，可能是两个人在一起反差太大了。任谁都可以看出来两个人身份的不同。从谈吐到气质，华先生完全占据上风，而那个坐在他旁边的人只会谄媚地微笑，频频点头。

但是今天情况似乎有些不同。那个华先生的朋友显然心情有点不大好。从华先生的一举一动可以看出，华先生似乎有意地在讨好他。

是华先生做了对不起他的事了吗？侍者一边这么想一边骂自己无聊，人家的事情跟自己有什么关系呢？他只要老老实实给人家上酒就可以了。

乐队的成员们登上舞台，正在试音。人群中偶尔会传来几声欢呼。乐队中一个看上去年龄最小的胖子显得很羞涩，当别人喊起他的名字时，他不禁羞红了脸，只是被周围的灯光轻易地掩盖过去了。

"喝！"华先生的口气很像是在命令。

李志有点不舒服了。其实平时他们两人在一起的时候，华先生经常会冒出这种有点类似于命令的口吻。李志并不觉得什么，仿佛那是理所应当的。可是今天他却感到了强烈的不舒服的感觉，难道是因为身体被交换了的缘故吗？

李志觉得，起码从表面看，他现在才是受人尊敬的"华先生"。

"我今天有点喝不下啦。"李志抿了一口，说道。

"不行，今天咱们必须喝醉，要醉得跟几个小时前一样才行。这样说不定咱们可以再变回自己来。"真正的华先生说着就猛灌了一大口。

其实变成这样也挺好的。李志在心里偷偷地想，但是没有敢说出来。

乐队正式开演了。这是一支摇滚乐队，李志从没有听过这支乐队的名字，但显然现场来了不少他们的粉丝。这些粉丝看上去年纪都不大，此时已经站了起来，随着音乐摆动身体。

　　李志挺羡慕这些年轻人的。他们前途未知，也就还有改变的希望。但是自己已经到了中年，按理说一辈子也就这样混下去了，不会再有什么大的改变。

　　可是谁能想到，一觉醒来，自己竟然变成了另一个人呢？而且这个人还是自己羡慕的人。

　　李志觉得这一切不过是一场梦，等真的醒过来，自己还是以前那个自己。这么想着，他也和华先生一样，一口接一口地把酒灌到了嘴里，使劲咽了下去。

　　重金属音乐混合着杂乱的欢呼声，震得他耳朵发烫。

　　他眼前的事物开始旋转起来，而且越转越快，越转越快……

四

　　等李志醒过来，外面的天空已经隐隐透出了光亮。李志的脑袋就像一艘沉船，变得非常沉重，想抬都抬不起来。而且由于睡觉的姿势不好，脖子似乎还有一些落枕。总之，全身上下的骨头都感觉不舒服。李志叹了口气，晃晃悠悠坐起身，活动了一下筋骨。

　　这下他才发现，自己并不是在酒吧里，而是躺在一张铺着雪白床单的大床上。李志连忙下床，打量着四周。

　　这是一个挺宽敞的房间。除了床以外，还有一台电脑和一台电视。房间是向阳的，有一扇窗户，外面可以隐约看到山脉、树林和一条缓缓流动的小河。李志使劲揉了揉眼睛，发现自己还穿着去酒吧的那身衣服，只是外套不知道跑哪里去了。

　　"我这是在哪里？旅馆吗？"李志走出房间，看到了自己——也就是华先生，正在坐在客厅的桌子上吃早饭。华先生显得忧心忡忡的，紧锁着眉头在啃一片面包。

当然，李志看到的是自己的模样。看到自己这副模样，李志产生了深深的厌恶。是的，以前自己没有机会以旁观者的角度来看自己，现在有机会了，却看到自己原来如此丑陋。这就是我的肉体吗？李志有点绝望。

"这是哪里？"李志问。

"这是我常来的一个度假村，"华先生眼睛并不看着李志，"昨天咱俩喝得太醉了，我就打电话叫来了我的秘书，把咱俩送到这里来了。"这时华先生抬起头，看着李志，有点嘲讽地说："或许应该说——是'你'的秘书。现在人们都把你看成是华先生，包括我的妻子。"

看来就算换了身体，自己的酒量依旧不好。李志在心里苦笑了一下，自己竟然一点感觉都没有，就让人拉到了这么一个陌生的地方。

"那阿宁她知道吗？"李志问。阿宁是他称呼妻子的小名。他想，如果自己一声不吭地一晚上不见踪影，说不定她会报警，那就更麻烦了。

"放心，我已经跟她打电话说明情况了，我说咱俩要有一笔生意在这里谈，周一才会回去。"华先生喝下一大口热牛奶。

一大笔生意要谈？李志不禁觉得好笑。想必阿宁接到这个电话，一定会非常莫名其妙吧。因为自己从来没有做过什么生意，每天都是朝九晚五，按部就班地上班，怎么就突然做起生意来了？

不管这些了，反正事已至此，走一步看一步吧。

"那你把我拉到这里来干什么？"李志也坐了下来，伸手拿起一片面包。

"不干什么，"华先生神情涣散地说，"我只是想先静一静。咱们都静一静，否则我会疯掉的。你放心，今天是周六，不会耽误你工作的，你就踏踏实实住两天吧。"

"嗯，"李志一边给面包抹果酱一边点了点头，"静一静也好。"

五

李志四处逛了一下才知道，这是一个规模巨大的豪华度假山庄。来到这里的毋庸置疑都是有钱人。度假村里设施齐全，有桑拿房、温泉，每个庭院都配有单独的游泳池；当然娱乐设施也是应有尽有。

这些都不算什么，最吸引李志的是这里的景色。远处的山脉笼罩在一片雾霭之中，只是隐隐约约地露出一点青色的轮廓，让人感受到一种朦胧之美。一条小河推窗就可以看到，河水清澈见底，一些小鱼从中穿梭。李志最喜欢坐在河边提供的躺椅上，看着山边的夕阳，喝着德国黑啤。实在是从未有过的惬意。

这里的人均消费让李志咋舌。他一边喝着啤酒一边想，有钱人的生活就是好，如果不是出现了这样离奇的事，恐怕自己一辈子也不会享受到这样的待遇。

如果我真的是华先生，就太好了。李志的心里有点酸楚。他把最后一口酒喝完，站了起来，准备去娱乐厅打盘台球。

一天就这么过去了。李志回到房间的时候，发现华先生还在蒙头大睡，一副彻底垮掉了的样子。看到这样的华先生，李志心里有点幸灾乐祸。他上前推了推华先生，装作关心地问："你不吃点东西吗？"

华先生厌恶地摆了摆手，翻个身又睡去了。

李志洗了个澡，坐在自己的房间里看了两部电影。看完后天就彻底黑了。李志去卫生间刷牙。可他看到镜中的自己，就忘记了刷牙。

镜子里的自己是如此英俊、高大。眉宇间都是自信与潇洒。李志往外看了看，确定华先生还在睡觉，就脱去了睡衣。镜子里出现了健美的肌肉。李志抚摸着呈块状的肌肉，心里涌现出一种属于雄性动物的自豪感。

他从小就体弱多病，身体一直就没有强壮过，跟别人站在一起，显得又瘦又小，所以小的时候他总是被一些孩子欺负。长大了，这种自卑的情绪有所缓解，但还牢固地残存心中。这一切可能都源自于他不够强壮的身体。这一直是他心中的一个心病，但他从来都不好意思和别人说。

看着镜中的自己接近完美的身体，李志近乎痴迷地慢慢抚摸着。这与抚摸女人的皮肤是完全不一样的感受，他的皮肤上立刻就泛起了一层鸡皮疙瘩，他感受到了从未有过的快感。他喜欢这样的自己。

　　他现在完完全全迷恋着自己这副身体。想到以前那个虚弱的自己，李志不禁一阵惊悚。他痛苦地意识到，如果让他回到以前，那简直是生不如死。可这是他所能决定的吗？说不定哪天早晨醒来，一切又恢复成了原样。华先生依旧是朝气蓬勃的华先生，自己依旧是那个窝窝囊囊的自己。

　　这可怎么办？

　　一点办法也没有。

　　想到这里，李志的睡意就消失得一干二净。他在床上躺了几个小时，看着外面皎洁的月光照进来，照到雪白的床单上。

040

　　李志坐起身，穿好衣服，蹑手蹑脚地走出房门。

　　他不知道自己走出去了多远。这晚的月亮出奇的明亮，明晃晃地照亮了前方的路。李志脑子里乱糟糟的，就一直朝前走，直到前面没有了路。

　　那是一个大峡谷。李志站在悬崖上，战战兢兢地往下看去。峡谷深不见底，一股寒气从幽深的峡谷中往上扩散。

　　李志本来就有恐高症。他打了一个寒战，同时一个念头突然冒了出来：华先生会怎么对待自己呢？

　　这是一个大问题。如果身体一直无法交换回来，那么华先生不可能不采取措施。他会怎么办呢？会对自己采取什么措施呢？想到这里，李志又打了一个寒战。

　　他望着峡谷，周围静悄悄的，没有声音。

　　他不知道自己待了多长时间。直到心中渐渐滑出一个念头。这个念头让他第三次打了寒战——但这次却是由于兴奋导致的。兴奋感如同一条蛇在他体内游走。他的牙齿总是不经意地磕碰在一起。他无法抑制住这些。他好像听到了一种缥缈的笑声，不知从何处传来。

　　他点了一根烟，没几口就抽完了，然后他毅然决然地转身离去。

　　他回去的时候天已经快亮了，第二天的晨光马上就要照到这个世外桃源般的度假村。李志走进房门，吓了一跳，因为不知道什么时候华先生起来了，正在客厅里看电视。他一看到李志，就苦笑了一下，说："你去哪里了？

我睡不着。"

"我也睡不着。"李志一屁股坐在华先生旁边，表情有些僵硬。

华先生感觉出一丝异样，他看了看李志。李志正在专心致志面无表情地看电视。他小心翼翼地换了一个台。发现李志还是那副表情。显然，他并没有在看电视。

天色马上就要亮了。李志喊了一声华先生的名字。

华先生转过头，"啊？"了一声。与此同时，李志突然腾身而起，将一只枕头紧紧地捂在了华先生的脸上。华先生还没有反应过来，就感觉眼前一片漆黑，呼吸被一种软绵绵的东西阻隔了，很快就憋得难受。

李志骑在华先生身上，用尽全身的力气将枕头死死地捂住华先生的脸。华先生开始猛烈地挣扎，用手去掰李志的手。但是华先生此时的身体根本不是李志的对手，无论他怎么用力，依旧阻挡不了那种软绵绵的窒息。

当一切平静下来的时候，天空出现了第一缕曙光，并且迅速地照耀了大地。李志把枕头拿开，喘着粗气。

他已经快要虚脱了。

华先生仰面靠在沙发上，闭着眼睛，神色紧张。李志用手在他的鼻孔下试了试，确定没有了呼吸，才如释重负地丢掉了枕头。

电视还开着，不断闪烁着苍白的光芒。不知道为什么，它已经坏掉了。屏幕里模糊一片。或许是刚才挣扎时踹掉了插销？

原本整洁的沙发现在已变得凌乱不堪。

这时，他隐约又听到从远处传来的莫名的笑声。

六

这下我永远都是华先生了。李志有些木讷地想，一时间不知道要干什么。尸首还坐在沙发上，坐在自己旁边，仿佛正和自己一起友好地看电视。

这样的感觉很奇怪。因为李志看到的是自己的尸体。他感觉自己仿佛是一个幽灵，正悬浮在天花板上往下看。

李志有些慌乱，他这才意识到，自己有可能已经死了。他连忙掐了一下自己的胳膊，感觉出疼痛。这疼痛使他稍微安心下来。起码他确定自己还活着。

那么我是谁？李志站起身，再一次来到洗手间。他拧开水龙头，洗了一把脸。

镜子里出现的是华先生的脸庞。

慌乱再一次袭来。他看着自己的手，觉得是如此陌生。

这个时候天空已经大亮了。李志的计划是，等到晚上，把尸体偷偷地推下山谷，造成一个失足的意外事件。然后他就可以名正言顺地继承华先生的肉体，作为华先生在这个世界继续活着。

他将拥有华先生的财富、地位和英俊的相貌。

甚至还可以拥有华先生美丽的妻子。最最重要的，是得到了别人对自己的尊重。

想到这些，刚才的阴霾一扫而光。李志把窗帘拉开，屋子里立刻阳光灿烂。

他把尸体背到洗手间，准备晚上开始行动。他在心里对自己说："从现在起，你不是李志了，你是华先生。你亲手干掉了那个叫李志的家伙，他现在已不在这个世上。"所以——

请注意，从现在起，请叫我华先生。

七

回家的路上，华先生几乎是一路欢歌。新生活就要开始了！他觉得这是上天的恩赐。

车很快开到了那个峡谷。华先生心里有说不出的感受。

正是在这里，他下定了决心。

这是他的圣地。

所以他想放慢速度，慢慢地开过去，好好地再看一眼这个神奇的地方。

直到这时，他才发现刹车系统不知何时失灵了。车速根本无法减慢下来。

于是，像是一颗流星一样，华先生和他的车子一起冲下了悬崖……

几分钟后，一个电话打到了华先生的别墅。接电话的人是华先生的妻子。她微笑地"喂？"了一声，只是呼吸有些急促。

"事情办妥了。"电话里的人说。

"真的？"

"从现在起，你就是华先生财产的最大受益人。"

"谢谢你，亲爱的。"

挂上电话，她舒服地伸了一个懒腰，继续睡去了。

迷鹿

我现在必须回家去了。

我想我确实应该回家去了。现在我走在清晨一条清冷的街道上，感觉又冷又饿。那感觉像是什么呢？就像是我变成了一张纸，漂浮在一盆冷水上面。饥饿感像是冷水一样慢慢将我的全身浸透。没错，每当我饿的时候，我的想象力就特别发达。而吃饱了以后呢，我就觉得脑袋特别木，特别沉，就总是想睡觉。

在这条街上，有很多卖小吃的，比如油条、馄饨、炒肝什么的，都是新鲜出锅，等待着早晨倾巢而出的人们。不过现在大街上空空荡荡，只有几个刚刚从网吧出来的学生。

我走过包子铺，脚就走不动了。可我知道自己的半斤八两，我知道我的兜里只剩下几枚几毛钱的硬币了，能买什么啊？连一个包子都买不起。我看着那一个个香喷喷的肉包子，仿佛用眼神就可以把它们吞下去。卖包子的男人看到了我，笑眯眯地说："小朋友，想买几个包子吗？"

其实我内心是想偷一个的，尽管以前我从没有偷过东西。但现在这种情况显然不大可能实现，一是人太少，不太容易跑掉，二是我现在又累又饿早就跑不动啦。

我把眼睛从包子上挪开，盯着那个卖包子的男人油乎乎的围裙。我摇了摇头，说："不用了。"最后还没忘加一句"谢谢！"

他没有说什么，继续为他的包子们而忙碌着。他的手上沾满了面粉，足以令所有饥饿的人们羡慕。

我只好继续走。我的脚藏在鞋子里，但可以感觉到左脚的袜子破了一洞，走起来很难受。我妈总是对我的袜子深恶痛绝。当然，这也是我的不对，我总是把袜子随手乱丢，于是我妈在什么地方都能找到我的袜子，客厅的地板上，卧室的床底下或沙发的缝隙里。她完全陷入了袜子的噩梦中。她总是像训斥一只袜子那样地训斥我，仿佛我在她的世界里塞满了臭袜子。

而现在，跟随我的只有这一双袜子了，还被我的脚指甲捅破了。

这几天我走了很多的路，双脚又酸又涨，它们迫不及待地想要回家去，躺在我家那又大又舒适的沙发上。那只沙发是很多年前买的，那时我过马路还要拉住爸妈的手。那天我记得特别清楚，我和爸妈一起去为新家买沙发。我爱在台阶上跑上跑下。我爸看着台阶上的我，说："以后你能长这么高就好了。"我回头看见我妈正对着我笑。她的笑起来是世界上最美的。那天我们三个走在去买新沙发的路上，阳光照耀着我们，仿佛生活充满了希望。

而现在那只沙发已经又老又破，看上去像头刚刚死去的老骆驼。我妈每次费力打扫它的时候都会忍不住地抱怨，抱怨我爸的工资连一只新沙发也买不起。而我爸总是不发一言，站在厨房里，打开风扇，为自己点燃一根烟。谁也看不出他的心思。

但是此刻，沙发是我全部的动力，我实在累得走不动了。我都忘了自己是怎么来到这里的，但印象中这里与我家离得并不是太远。我知道自己一定走了许多冤枉路，当我看到一栋米色的房子时，我终于松了一口气。我记起来车站就在它的正对面。坐上车我就可以直接回家了。

车站上有三三两两的人，站在这里，谁也没有注意到我。我加入到了等车的行列中。这时如针尖一般的阳光照在我脸上，又痒又辣，但是怪舒服的。我突然感觉到一种强烈的幸福感，我想象着舒适而熟悉的家，还有爸妈亲切的笑容。没错，他们在我的脑海中一直对着我笑。

我也忍不住想笑。这时我看到我身边一个看报纸的人收起报纸，把手伸进裤兜里掏了掏，拿出了一个什么东西攥在手心里，然后继续看起报纸。我看清，那是一块钱。

我感到车站摇晃了一下。是的，我忘记自己没钱了，连一块钱的车票也买不起。当我想到我只能走着回家，我恨不得拿头撞墙。

正当我不知该怎么办时，一个老头从我身边走过。他穿得太破了，脸比我还要脏。他拖着双脚走到广告牌下，艰难地坐了下去。从远处看活像是一堆枯柴。

在来的时候我见过他。他是一个到处出现的乞丐。他拿出一个剩有半瓶水的矿泉水瓶，往自己的嗓子里灌。

我搓了搓手，走到他面前，遮住了一大片阳光。他抬起头疑惑地看着我。

"呃……"我蹲下去，一时不知该如何开口，"你能借我点钱吗？"

他更加疑惑了，并下意识地握紧了他的口袋。

"不用太多，一块钱就行，我坐车没钱了。"我怕他误会，"下次来的时候，我还你五块！"

他好像是懂了，竟羞涩地咧嘴笑了笑，然后从口袋里拿出了一枚一块钱的硬币。我感激地接了过去。那一元硬币在我手掌里闪闪发光。

我一边跑上车一边对他喊："下次，我还你五块啊！"

车上的人转过头来看着我。

我把硬币扔进自动投款机里时，听到了一声清脆的金属碰撞声。

快到家的时候，我发现我脑海中父母的笑容越来越模糊。我开始为我回家后的命运担忧起来。我站在车厢里，握着扶手的手掌已经微微冒汗。

下了车，我有些不知所措。我住的那栋红砖楼已经可以隐隐看到。只要我一直朝它走，不用多长时间，就可以走到家里去。但我不知道等待我的是什么。我又能去哪里呢？没钱了，我的肚子却还饿着，脚也快磨出血泡了。

我慢慢地朝那栋楼走去。不知从什么时候开始，我偏离了那个轨道，走到了一片废弃的工地上。

　　这片工地从我很小的时候就没人打理了，除了一堆堆沙子就是一排排很粗大的水泥管子，那水泥管子足可以钻进去一个像我这么大的孩子的身躯，于是这里就成了我们的乐园。每天下午我们就聚在这里玩沙土，或钻进那些水泥管子里捉迷藏。我们怎么玩也玩不够，常常要让爸妈来叫好几遍才肯去吃晚饭或睡觉。

　　可现在我没有心情玩。我走进去，看着微风吹起沙砾，那些沙砾飘荡在空气中，让我打了一个大喷嚏。在这些沙砾中，我看到了一个熟悉的身影。那个身影矮小粗壮，在这片工地上如幽灵一般游荡。那个身影的名字叫阿京。

　　他是我一直以来忠实的玩伴。很小的时候我们一起在泥里摸爬滚打，稍微大了一点后就一起钻水泥管子，我们把那当成我们自己的战壕。记得有一天晚上，阿京跟父母吵架离家出走，我和他一起在管子里待了一整夜。那晚月色很好，我看了很长时间的月亮才钻进管子里睡觉。而阿京则早早地睡了，手里攥着他心爱的切·格瓦拉的画片。

　　后来我们干脆就把这里称为"战壕"。

　　我与阿京一起爬进了"战壕"里。这几年我们的个头都在猛蹿，一个赛着一个地长高，在"战壕"里已经有点伸展不开了，稍微一动就有可能把头撞出一个大包。但我们还是能轻巧地把自己塞进去，这是多年来练就的技术。我们曾悲哀地想到，或许再过几年，这里就不再属于我们，而成了更小的孩子们的天下。

　　但起码在现在，"战壕"还是我们的，阵地还是我们的。我在管子里看着阿京，阿京正艰难地舒展着他的腰肢。我可以看见在他的嘴边长出了细细的绒毛。

　　"你来这里干什么？"我打破了沉默，同时露出了一种戏谑的笑容。这种笑容总能够让我在对话中取得优势地位。

　　果然，阿京没用眼睛看我，而是看着我的左下方。那里有一团不知谁扔的废纸。他舔舔嘴唇，说："我一直在等你啊，我知道你肯定会来这里的。"

　　一时间我有些感动。在这个"战壕"里，我收获了同志般的友谊。那时我还不知道，它竟然可以让我终生难忘。后来我参加阿京的追悼会，满脑子里想的都是那天我们在水泥管子里的场景。

我拍了拍他壮实的肩膀，说："好兄弟！"

他明显放松了下来。

"跟你说件事儿。"他突然开口说。

"什么事？"

他顿了顿，从兜里拿出切·格瓦拉的画片，用手摸了摸，又放了回去。这是他的一个习惯动作。"我做了一个梦。一个很奇怪的梦。"他说完，盯着我想看看我的反应。

"什么梦？"我问。我不知道该有什么反应。

他显得有些不安，双手不知该放在哪里。

"听我说，这个梦是一个很真实的梦，否则我也不会被它吓着了。"他顿了一下，"其实也不是吓着，只是它在我的脑子里像扎了根一样忘不掉了。这几天我脑子里一直想的就是这个梦。我想如果我对别人说出来的话可能就不会总想着它了，所以我一直在这里等你。"

"你怎么不跟你妈说说？"

"什么？你让我跟我妈说？亏你能想得出来。我跟她一说话她就会走开，宁愿去洗她的带鱼也不跟她儿子说话。而我对着我爸的遗像，就总跟要忏悔什么似的。所以我想来想去也就只有跟你说了。"

"我感到很荣幸……"

"说真的，那真是一个奇怪的梦。以前做梦我醒来也就忘记了，可这个梦从头到尾我还记着，就好像真实发生过一样。"

他停下来，自己"嗯"了一声，仿佛在肯定自己说的话。

"好了，我不说废话了。那个梦我记得一开始我是走在一片森林里，如你见过或想象过的森林一样，它非常的美丽。蝴蝶飞旋在花丛中，甚至花朵的气味我都可以闻到。我一直走着，我要回家去。没错，在梦里我清楚地记得我是有一个家的。"

"然后我看到了一条小溪，溪水流得很慢，不时还有树枝、叶子什么的从上游漂下来。我站在小溪边，往水里看了一眼——你猜怎么着，我发现我变成了一头鹿！我这才发觉我是用四肢走路的。可我在梦里并不是很害怕，甚至没有什么感觉。于是我就作为一只鹿继续朝家走。"

"我的家是一个小木屋，很漂亮，这曾是我的一个梦想，住在森林的小木屋里，没想到这个梦想在梦里实现了。我走到门前，正准备用我的鹿角敲门，门突然就开了。出来的是我爸。我爸已经死了好多年了，所以再次见到他我感到很兴奋。"

"我叫他'爸爸'，可他并没有回答我，而是脸上露出了兴奋的表情。他把我妈叫了出来，我可以听见他说，'看，一只鹿送上门了，快去拿猎枪！'然后我妈就转身进门，拿出了两支猎枪，我爸和我妈一人拿一支，向我逼近。我这才意识到不好，我向他们喊'我是阿京啊！'可他们根本没有反应。他们慢慢举起了枪。我只能落荒而逃。"

"我从来就没有跑得那么快过，像是在飞翔一样。我能感觉到脚下的小石子也跟着我一起狂奔。"

"但是我一直可以听见我爸妈在后面追赶我的脚步。我怎么甩也甩不掉。然后我就听到了开枪声。子弹就擦过我的脸——"阿京神经质地摸了摸耳朵，"我现在还记得那种灼烧感。"

"后来怎么样了呢？"我说话时望了望外面，太阳的最后一抹余晖像一只垂死的手扒在山头上不肯落下去。我感觉有点冷了，但故事还没讲完，我换了一个姿势继续听。

"我就一直跑啊跑啊，我当时就想，我爸妈养我这么大也不容易，干吗非要我命呢？"阿京干巴地笑了一声，"最后我终于甩掉了他们。可是我发现，四周的森林不见了，变成了看不到边际的石头。我不知道自己在哪里，就像迷宫一样。我变成了一只迷失了方向的鹿。"

我钻出管子的时候，天已经黑了。我感觉身体上下一点力气也没有。我往家的方向走去。天上的月亮又圆又大，它的清辉照耀着我。我的心里挥之不去的还是阿京的那个梦，那只迷鹿。

我走到家门前，转动把手，发现门并没有锁。我走进客厅，客厅里静悄悄的。我把门关上，向着那只又老又旧的沙发走去。我太累了，我需要休息。

但我看到厨房的门是半掩着，里面站着一个人。我仔细看了看，是我爸。他独自点燃一根烟在抽着，谁也看不出他的心思。

在卧室，我看见妈妈在收拾东西。她把一个大手提箱放在床上，把每一个柜子的门都打开。她正把柜子里的一件件衣服往箱子里放。

整个屋子都静得出奇，只有妈妈那不时的一声抽泣和她收拾东西的声响。除此之外，摆在客厅的一只老式钟表还在不停地走着，发出"滴答、滴答"的声音。

我突然觉得它很烦人，很不合时宜。我走过去，把它举了起来，然后猛地往地板上砸去。

我又想到了那只找不到方向的鹿。我想我也该上路了。首先，应该把那五块钱还给那位老乞丐。你是知道的——我从不食言。

瑞雪

天气越来越冷，冬天已经近在咫尺。今天是星期六，男孩不情愿地被闹钟叫醒。窗帘已经被拉开了，窗户也开着一条小缝。整个屋子里除了被褥已经找不到一块温暖的地方。暖气片还没有供暖，它现在还是个冷冰冰的东西。

父亲是个古板的人，此时正在紧张地忙碌着。锅里摊的鸡蛋已经焦黄，微波炉里的牛奶已经热好。微波炉正发出"嘀嘀"的提示音。父亲一把打开炉子，小心翼翼地把牛奶放到客厅的餐桌上，与摊鸡蛋摆在一起。等这一切干完后，父亲搓了搓手，顺便把椅子拉了出来。

这时男孩睡眼蒙眬地走到桌子前，坐下，几乎是闭着眼睛开始吃面包和鸡蛋。父亲看着他，说："喝口牛奶。"男孩喝了口牛奶。父亲坐在他对面，看着他吃。男孩嘴里塞满了东西，喝了一大口牛奶咽下去。他抬头看了看父亲。他说："爸，你别老看着我，我该吃不下去了。"

父亲转身走进厨房，开始收拾起来。收拾完，他又来到里屋，检查男孩带的文具。男孩回头看了看，继续吃。他扔下半块面包："我吃不下了。"

　　父亲拉上书包的拉链，说："多吃一点，要不不到中午就该饿了。"男孩又啃了几口，最后还是放弃了。父亲走出屋子，手里拿着男孩的外套。"赶快走吧，今天有些晚。"

　　男孩飞快地套上外套，穿好鞋子，一副训练有素的样子。

　　父亲转身进屋关上窗子，又走出来检查有没有关好煤气。父亲关上了客厅的灯，看了一眼窗外的景象。

　　天空已经发亮。外面刮着风，不知在哪里的塑料布被风吹得哗哗作响。街上有很少的人，他们脚步匆匆，间或几声短促的交谈，声音被风撕成一缕一缕。

　　穿好衣服，男孩打开门走了出去。父亲紧随其后，把钥匙转动三下，锁好防盗门。父子二人默默无语走下楼梯。一阵寒风迎面而来。

　　男孩的英语是个大问题。为什么要学英语？因为考试永远回避不开这门学科。是什么时候开始这门外语与一个中国学生的前途如此紧密地联系在了一起？这像是另一种意义上的绑架。父亲在风中艰难地点燃了最后一根烟，回忆起自己的过去。

　　现在，父亲领着儿子走在宽敞的大街上。街上有许多卖早点的摊子。这已经是一个传统。热腾腾的早点很好闻，但父亲禁止儿子在外面吃那些摊位的早点，因为他觉得挨近马路实在无法保证其卫生。

　　道路两侧整齐地栽着树木，走几步就可以看见一棵。每棵树的下半截都涂上了白色的染料。这是为了欺骗那些腐蚀树木的小虫子，让它们认为这不是一棵树，而是一根难吃的白柱子。

　　这是去车站的路上。想要去车站就必须路过一个修车棚。那个修车的老头在男孩还在上小学的时候就在这里了。他总是在那儿不停地修着，终日和他的棚子在一起。不像旁边的音像店，现在已经不是音像店，而是面包房了。他的手总是黑油油的，他把自行车的车胎浸到一盆脏水里。水脏是也没关系。只要车胎有漏洞，就会从漏洞里冒出些气泡，再小的洞也躲不过去。这时他就像是一个听诊的医生，被他诊过的自行车已经数不过来了。他现在年纪很大了，眼睛也花了，手总是在抖。没人知道他还能干几年。他的命和自行车牢牢地拴在了一起。

清晨。许多起大早的大爷大妈带着好精神遛他们的狗。如果天气不是这么冷，他们还会带一副棋或者纸牌。那根绳子，一端攥在人的手里，一端套在小狗们的脖子上。宠物们脚步轻盈，仿佛正配合着冬天的节奏。有时它们还会冲人露出它们的牙齿。

父子俩走过一条马路，然后走下地下通道。在男孩小的时候——大概还没有上小学——他曾在这里奔跑过。那天他穿着红色的棉袄，摔倒时磕掉了一颗牙。那时他对某些字词的发音还很不标准。

现在，地下通道多了一个简易的帐篷。肯定有人会住在里面，但现在它的主人还没有回来。路过帐篷时男孩好奇地看了它好几眼。父亲低头看了看表。地下通道里很暗，只有阶梯口可以看见如同山洞口般的光亮。父子俩顺着阶梯爬了上去。

到了车站，有稀稀落落的人在那里等车，他们如同清晨的麻雀那样低声交谈。父亲把手放到了男孩的书包上。男孩没有说话，把书包递给了父亲。

"好像比上次又沉了一些。"父亲掂了掂男孩的书包。

男孩点了点头："这次带的东西多了点。"他伸手准备拿过书包。父亲却把书包背到了自己的左肩上，说："我先帮你背会儿。"

上了车，车上没有空位。父子俩站在车厢的角落里，随着车身摇摇晃晃。车窗开着一道缝隙，不时有寒风吹到车里。父亲伸手拉上了车窗。这时书包稍微往下滑了一点儿，父亲耸耸肩，重新背好。

车里仍然很冷。男孩扶着车里的铁制把手，不停地换手。父亲看到了，说："下次应该戴手套了。"男孩"嗯"了一声。父亲低头看了看手表。

公共汽车路过一家家店铺，路过一栋栋楼。每到一站都零星地有几个人下车，又有数量基本等同的人上来。

在几步以外出现了一个空位。父亲对男孩喊道："快，你快去坐。"

男孩一脸窘迫，说："你去坐吧。"

"快点快点，快去坐。"父亲催促道。

男孩走过去，坐下，把脸扭向窗外。父亲仍站在那里，望着窗外。

路过天安门时，男孩醒了过来。外面变得喧闹。高大的宫殿在寒风中显得更加肃穆。毛主席一脸慈祥地看着广场上无所事事的人们。一个警察正检查一个外乡人的旅行箱。男孩注意到那个人并不焦虑，而是点着一支烟，静静地抽着。男孩朝车厢里看了看，发现父亲仍站在原处，闭着眼睛。男孩用手轻轻地碰了碰父亲的胳膊。父亲睁开了眼睛。

"你来坐一会儿吧。"男孩说。

"没事，一会儿就到了……"父亲抬头看着窗外迅速倒退的景物。他用手摸了摸裤兜，突然想起兜里已经没有烟了。

"还有好几站呢，你坐吧。"男孩站起了身。

父亲没有再说什么，坐到了座位上，把书包放到了胸前。他开始活动自己的四肢。他似乎可以听见自己四肢的骨骼发出的咔吧声。他看了看外面，很快闭上了眼睛。

男孩低头看了眼父亲，一眼就看见了父亲双鬓的白发。男孩连忙转开了视线，看着窗外。太阳已经出来了，但空气仍然很薄。人们已经穿起了厚重的衣服。路边的树木叶子已经掉落，没有掉的也已经枯黄，掉落只是早晚的问题。两边的高楼闪烁着青灰色的光芒，一闪一闪。男孩微微眯上了眼睛。

男孩突然想起他上小学时的情景。那时每天放学，都可以看见父亲手扶自行车，在门口等待。他记得那是一辆古老的凤凰牌自行车，男式的，看上去有着金属的沉重感。父亲在自行车的后座加了一个软垫子，为了可以让男孩坐上去不硌得慌。上车前，父亲总要嘱咐一句："小心脚，别伸到轮子里。"

父亲在前面蹬着车，男孩坐在后面，紧紧地抱着父亲的腰。记得第一次坐自行车的时候，父亲每往前一步，男孩就害怕地喊："停，停！"于是父亲就很缓慢地骑，一点一点地增加速度。直到车已骑得飞快，而男孩在后面兴奋地欢叫着。

如今父亲已经带不动他了。不知何时，父亲也开始不再骑车。以前停放在楼道里的凤凰牌自行车男孩一下楼就可以看见，但现在它已经送给了别人。楼道已经成了别人的车的天下。

父亲曾让男孩练过骑车。胆怯的男孩总要父亲在后面扶着。父亲在后面说："蹬，蹬，往前蹬。"男孩就往前蹬着，直到他停下车回头，才看见父亲在很远的地方微笑着看着他。

男孩曾提出自己骑车上学。父亲想了想，最后说，你毕竟还小，那里交通太乱，还是我送你去吧。

目的地是一个叫"演乐胡同"的地方。胡同早已不知去向，大街上全是喧闹的店铺。还有一些用马匹拉来的水果摊。马匹悠闲地晃动着尾巴，驱赶着为数不多的、被季节逼进了死角的蚊蝇。小贩们吆喝着，嘴里不断冒出一股一股的白气。离近了，马匹的臭味扑鼻而来。

男孩伸出手，接住了一粒飘落的雪花。"下雪了，真的下雪了哎。"男孩有些兴奋。父亲走到附近的小铺里买了一包烟。

往前走，雪花越飘越密。英语家教的家就在不远处的小区里。英语家教是一个五十多岁的老头，在教一所中学的英语课。他喜欢看各类报纸。每次男孩去他家的时候，都会习惯性地瞥一眼凌乱地放在沙发上的报纸头条。

父子俩来到小区门口。雪已经下得很紧了，行人的头发、双肩都铺上了一层雪白。孩子们凑在一起叽叽喳喳，兴奋地期待着雪下得更大些。

男孩踩了踩落满积雪的一个破纸盒子。他记得在他小的时候，有一天晚上下起了大雪。他拉开窗帘时被突然降临的银白世界惊呆了。他拉着父亲飞快地跑到了楼下。母亲正在厨房里熬粥。窗户上蒙着一层厚厚的水汽。

天微微发亮，太阳还没有露出头来，只是试探性地伸出了几束触角般的光线。天空仍挂着一轮冷清的月亮。父子俩跑到附近的公园里，四周静悄悄的，男孩能听到自己的喘息声。

开始动手。雪人很快就堆起来了。男孩的双手红彤彤的，但并不感觉到冷。在雪人圆满完成后，男孩突然想给它加上一个帽子。没错，它缺一个帽子。

男孩想起家里的那个红色塑料桶。他对父亲说："咱们回去拿一个桶来给它当帽子吧。"

　　那时天仍然有些发暗，来往的汽车还开着车灯。父子俩往家走去，路过一盏又一盏即将熄灭的路灯。不远处的雪地上被人泼了一盆热水，在灯光下冒着白烟。

　　回来的时候，雪人不知何时被人破坏了。雪人的身体已经变成了一堆雪块，只有圆圆的头还依稀可辨。

　　红色的桶拿在男孩手里。现在，他该把它拿回去了。

　　走进小区，男孩对父亲说："把书包给我吧。"父亲把书包递给了他，然后笑了笑："今天还真是有些冷。"

　　两人并肩而行。男孩发现自己好像又长高了，虽然还是比父亲矮一些，但势头很猛。而父亲的腰身日益沉重。现在他们走在一起，留下四行弯弯曲曲的脚印。脚踩在雪上的声音很好听，咯吱咯吱，好像是在搓弄某种皮革。

　　父亲看了看表，说："好像有点儿早了，老师可能还没有起来。"男孩吐了吐舌头。

　　两人站在那里，一时不知道该干什么好。父亲说："你可要好好学英语啊，英语对你的未来很重要。"男孩点了点头。

　　有些干瘦的枝丫因为承受不住雪的重量而折断了，撒下一大把雪来。两人来到英语家教的楼道门前，并没有进去，而是接着往前走。

　　男孩用手捋了捋头发，捋下来的全是雪水。他看了看父亲的头发，也已经落满了雪。父亲的眼睛一直看着前面。男孩顺着父亲的目光往前看，前面是一条马路，上面行驶的汽车因为下雪而变得小心翼翼。但能看得出，轮胎在某些时候仍然有些打滑。

　　父亲的目光似乎也像汽车的轮胎一样，在满天飞雪中有些迷离。男孩不知道父亲在想什么，当然，父亲很可能什么也没想。

　　男孩低下头，默默地往前走。

　　"你知道吗，你表姐姐过些时候就要结婚了。"父亲突然开口说。

　　"嗯，我知道。"男孩抬起头。

　　父亲舔了舔有些干燥的嘴唇："你表姐运气也真好，前几天竟然抽中了彩票，免费的欧洲七日游。"

"嗯，我也觉得他们很幸运，这是个好兆头。"男孩说。

"是啊，是啊。"父亲搓了搓手，"今天还真是有些冷。"

"该加点衣服了。"男孩一边说一边低头走路，不一会他发现自己超过了父亲几步，于是慢下来，等待父亲。

父亲却站住了："时间差不多了，我们往回走吧。"

父子俩往回走着。不知道他们两人此行目的的人，很可能会认为这父子俩是漫无目的的。两人的脚步都有些松散。

男孩突然说："以前会不会有被冻死的人？在这种天气里？"

父亲愣了愣："应该会有吧。以前的北京比现在还要冷一些。"

男孩不说话了，依旧往前走。

父亲看了看儿子。男孩的脸被冻得红扑扑的，头发被雪打湿了，贴在脸上。父亲在男孩小的时候总喜欢仔细观察他的脸，分析究竟哪一部分像自己，眼睛，鼻子，或是脸型？哪一个看起来都不太像，但不知怎么弄的，这些组合到一块，就真的有些像自己了。

这时父亲的心里就会涌出一种幸福的感觉。他在雪中走着，这样的情景在脑海中曾出现过无数次：小时候被男孩的爷爷打出家门；坐在火堆旁与兄弟们一起烤辣椒；在难过时自己跑到小餐馆里喝二锅头；在雪地里望着远去的初恋女孩的背影；与男孩的妈妈吵架，摔掉的碗碎了一地……多少伤心的事都发生在这样的天气里。而现在，他与自己长大的儿子走在一起。想到这里，父亲就流露出幸福的表情。

男孩不知道父亲在想什么。他记得也是在一个下雪的天气里，他头一次动了离家出走的念头。具体的事件他都忘记了，他只记得那时的自己，印象十分深刻。他看着飞旋的雪花，他突然就想到了电视里那些被冻死的人，只不过是换成了自己，被埋在雪中，无人理睬。

男孩看了看走在身边的父亲的脸。突然他感到有什么东西进到了鼻子里，他连续打了好几个喷嚏。

"你是不是感冒了？"父亲皱了皱眉。

"没事，没事。"男孩使劲吸了吸流出来的鼻涕。

两个人又来到了英语家教的楼道门口。楼道口黑漆漆的，只有一盏昏黄的小灯。从楼道走出一个妇女，手里拿着一袋垃圾。她往父子俩这边望了望。

"好了，时间已经差不多了，你就上去吧。"父亲说。

男孩点了点头："你也快回去吧，雪下得那么大，今天你就别接我了。"

父亲呼出了一团白雾，说："好吧，那你回来时注意安全。"

"嗯。"

"过马路时看着点车，下雪时有的车刹车不太灵。"

男孩点了点头。

扔垃圾的妇女扔完垃圾走回楼道。父亲等那位妇女上了楼，对男孩说："你也快上去吧，我这就走了。"然后就转身走了出去。

男孩一直看着父亲的背影。因为路滑，所以父亲走得有些慢。

父亲走了几步，回

过头来，发现男孩在看他。他笑了笑，冲他挥了挥手，然后点着一根烟，继续赶路。

男孩看着父亲的背影消失在视线中，他突然想起坐父亲自行车的情景。那时遇到上坡，他就牢牢地抱住父亲的腰。无论多陡的坡，父亲都会带着他使劲蹬上去。

他走进了楼道。他感觉就在他走进楼道的一刹那，一股热气扑进了他的眼睛。

第二辑

荒原

一

李志起床以后，发现早餐又是白米粥和摊鸡蛋。其实他还没有起床的时候就闻到了，所以很不愿意起来。白米粥放在客厅的桌子上，散发着大米的清香，可这种清香现在李志闻起来直想吐。在他有限的记忆里，似乎早餐从来就没有吃过别的，永远是白米粥、摊鸡蛋，从小学到中学。李志不情愿地坐在椅子上，越想越生气，所以他对母亲说："我不想吃了。"

"为什么？"李志的母亲很惊讶。她正在镜子前化妆，时间不早了，她要尽快完成。她一边抹化妆品一边问，"为什么？"

"每天都是白米粥、摊鸡蛋、白米粥、摊鸡蛋……不能有点新鲜的？"李志说着说着觉得很委屈，眼泪开始在眼眶里打转。李志的父亲正在擦皮鞋，他抬起头，看到了这一幕，严肃地说："小志啊，你都多大了，都是男子汉了，怎么还能哭呢？"

李志立刻就把眼泪止住了。他擦了擦眼角，依然坚决地说："总之，今天我不吃早饭了。"

这下母亲就有些急了。她把化妆品放进一个粉色的袋子里，大步走进客厅。她穿着棉拖鞋，走在地板上摩擦出嚓嚓的声音。李志听到这种声音神经就紧张起来了，但他还是勇敢地把碗一推，说："从今天起，我不吃这些了。"

"你怎么能不吃呢？"李志的母亲觉得难以置信，"不吃早饭对你身体有多坏的影响你知道吗，我小时候最喜欢喝的就是白米粥，那会儿还不一定能喝到呢。如果像你一样天天能喝到白米粥，我简直会幸福死了。"

李志不想听这些。他双手交抱在胸前，表情气哼哼的。他说："就是因为你以前不经常喝到才会喜欢喝。如果你像我一样天天早上都喝，你早就喝腻了！"

李志的母亲怒不可遏："行行行，翅膀硬了是吧，大人说话不听了是吧。我们天天早上赶时间上班，还要早起给你做早饭，你这还挑三拣四的。以后早饭我还不给做了。"说着她上前拿起那碗白米粥，直接倒进了下水道里。

母子俩对峙着。李志面无表情，李志的母亲大口地喘着粗气。她愤怒的时候就会这样，像河马一样地喘气。李志表情冷漠地站起身，去卧室拿出了书包，穿好外套，准备去上学。李志的父亲连忙拉住他，低声说："别这么不懂事。"然后大声说，"行啦行啦，你给你妈认个错，我带你去外面吃。"

李志挣脱开了父亲的手，说："我自己出去吃。"他打开门，走出去了。门重新关上门以后，李志的母亲捂着脸哭了起来。李志的父亲走上前去，搂住了自己的妻子，喃喃地说："别生这么大气了，孩子长大了，都得有这么一段叛逆期，这段时期他总是会和你拧着来的，等以后他慢慢懂事了就会听话了。"

李志的母亲抽泣着，说："以前他多乖，现在怎么变成了这个样子，还不都是你惯的。"她的丈夫松开了她，走了几步，与她保持了一段距离。然后他双手叉腰，冷冷地看了妻子一会儿，说："你怎么又说起我来了。你现在脾气也越来越大了。"

这似乎是一次胜利。李志出门的时候心情很不错。外面很冷，正是入冬的季节，阴冷的风迎面刮过来。如同铅块一样的云层像闭合的舞台大幕。人们都缩短了脖子，把脖子尽量藏到衣服里面去。

李志用手搓了搓脸，产生了一些热量，然后继续向前走。这时一条黑狗不知道从哪里冒出来，挡在了李志的面前。李志吓了一跳，停下脚步。他仔细看了看黑狗，黑狗围棋子般黑色的眼珠也望着他。这条黑狗骨瘦嶙峋，身上没有毛，仿佛全身只剩下了一层皮，油亮亮的。它的头顶长了几个如鳞片般的癣，让人恶心。

这是一条恶狗。李志心里想。

李志尽量保持镇定，慢慢挪动脚步走过去。他听说，狗专门咬那些心情紧张的人。心情紧张的人会释放出一种气味，令狗们很不爽，想要上前咬一口。

李志甚至屏住呼吸。狗一动不动地盯着他。当他就快要走过去的时候，黑狗突然疯狂地咆哮了起来。李志看到了它沾满唾液的獠牙，和用力弓起来的脊背，那些凸出的骨头根根可数，狰狞恐怖。

李志情急之下犯了大忌，他跑了起来。

于是李志在前面跑，黑狗在后面追。黑狗追的时候还不忘汪汪大叫，从叫声中李志想象出了自己的皮肉被它的尖牙撕裂的情景。血液喷出来，弄脏了他的白色校服。

他本来以为黑狗追一阵就不追了。可黑狗像是与他有什么冤仇似的，在后面穷追不舍。李志一路狂奔，路上的行人纷纷侧目，并给他让开了道路。

跑着跑着李志就停下来了，原因是他感到了羞耻。他觉得自己应该有所改变，而不是像小时候那样见到狗便浑身哆嗦。他想起了那碗热气腾腾的白米粥，他的母亲抬手就倒掉了它。

李志站住了，黑狗也站住。他们重新进入了对峙阶段。李志气喘吁吁，随着体力的恢复似乎胆量也逐渐增长。他看到脚下有块手掌大小的石头，他拿起它，对着恶狗做了一个投掷的动作。

黑狗呜咽了几声，转身溜走了。

李志长吁了一口气，放下石头。这时他才发现自己走错路了。

自从上中学以来，每天清晨，他都要步行至车站，然后在车站等候校车。

李志跑到车站的时候刚好看到了校车的背影，他追了几步，可校车的速度越来越快，似乎成心将他甩掉。李志骂了一声，无可奈何地回到车站等车。

他从兜里拿出一张淡绿色的信纸，上面是他心中全部的秘密。他反复检查，想找出其中不妥的用词。其实他之前已经检查过无数遍了，他都能背下来了。

一阵风刮来，李志没有拿住，信纸飞了出去，轻飘飘地落在了公路上。清晨的公路上没有多少车辆，李志连忙跑去捡。

公交车像是突然出现在空气中的一样，在距离李志不到一米的地方猛然刹车。轮胎与地面摩擦出了一声尖锐的长啸。公交车司机冒出头来，对李志破口大骂。李志捡起信纸，揣入兜里，随着人群上了车。

他想，如果司机还不依不饶的话，他就准备与司机打一架。不知道为什么，他的心中此时充满了勇气。可他上车后司机再没有理他，而是喝了口保温杯里的热水，一声不吭地开车。

今天必然迟到了。李志心想。

下了车，李志快步向学校走去。进校门的时候，上课铃响了起来。李志变走为跑，冲向教室。一个黑影突然从旁边的办公室闪了出来。李志躲避不及，与那个人撞在一起。

那个人喊了一声，杯子摔在地上，变成碎片。李志认出那是历史赵老师。赵老师是一个清瘦的年轻教师，平日里戴着一副眼镜，脸色总是像贫血似的苍白。李志看到赵老师胸前湿了一大片，沾满了茶叶。

赵老师与李志平时关系不错。

李志连忙道歉。赵老师有些狼狈地扶了扶眼镜，说："没关系。你怎么这么急？"李志解释道自己快要迟到了。他说："赵老师，真的很对不起。"说完他下意识地检查了一下自己的衣服，发现一点水都没有沾上，不觉有些奇怪。

二

赵老师早晨是被一场噩梦惊醒的，醒来后便忘了噩梦是什么。他满头大汗，擦了擦额头，摸到床头的眼镜戴上，下了床。

结婚两年的妻子躺在旁边。昨天她刚刚辞掉了一份不开心的工作，所以今天不用起早上班。对此赵老师很不满，他对妻子说："本来现在找工作就困难，你怎么说辞就辞了呢？"妻子不甘示弱地对他翻了个白眼，说："我愿意。你们男人是干吗的？"

赵老师觉得妻子就是他命中的克星。

自从结婚以来，他们大大小小吵的架数也数不清。他虽然是老师，但口才上与妻子差了一大截。

他打开卫生间的门，一脚踏进了水里，拖鞋和袜子都湿了。他不禁喊了一声。

打开灯，他发现水龙头正细水长流着。他可以想象到，漏出的水先是灌满了水池里的小脸盆，然后灌满了整个水池。水满溢出来，形成了现在这个局面。

赵老师喊道："刚换的水龙头又坏了，不是叫你买一个好点的吗？"赵老师的妻子在卧室大声回答："买好的？就你挣的那点钱，凭什么让我买好的？"

赵老师皱了皱眉头，他说："买一个好水龙头又不会饿死，而且这个和我挣多挣少有什么关系？别忘了，现在我是这个家里唯一的经济来源。"

"真是能耐死你了！"妻子讽刺道。

赵老师摇了摇头，轻叹了口气。他用拖把把卫生间的地拖干净，然后赶快刷牙、洗脸。他从起床就觉得右眼皮不住地跳动。他一边刷牙一边问妻子："左眼跳财，右眼跳灾，是吗？"妻子含糊地"嗯"了一声，问："你问这个干吗……"她的声音越来越小，又进入了睡眠。

赵老师盯着镜子看了一会儿。自己的黑眼圈愈加明显了，是由于经常熬夜给学生判作业的结果。他仔细地看了看右眼。果然，右眼皮抽搐似的跳动着，很明显。他用毛巾捂了一会儿，右眼不跳了。他把毛巾绑在水龙头嘴上，走出了卫生间。

他每天都是骑自行车上学校。今天格外地寒冷，外面的空气似乎也冻硬了。他出门取自行车的时候看到了一条黑色的狗蹲在楼宇之间的阴影里，目光闪烁地盯着它。那狗似乎被冻得瑟瑟发抖，脊背紧张地耸着。

赵老师的右眼皮又开始跳动起来。他奇怪地看了黑狗一眼，去取自己的自行车。这时狗跟上了他，紧紧地跟在他后面。赵老师转过身，说："去，去。"但那狗并不离开。赵老师站住了，它也就站住。他走，狗也跟着他走。

他没有再去理会这条狗。取完车，他便像一支弓箭般嵌入了上班的人群中。这时狗突然发疯似的追了起来，几乎与他的车子平行。他吓了一跳，急忙加快速度，可那条狗死死追赶着。直到骑上了马路，他才看不到那条狗了。他回了一下头，发现狗半蹲在那里，他似乎还听见它含义不明地叫了一声。那声音被风扭曲，不像是狗发出来的。

到了办公室，他看到自己的一只裤腿被撕了一道口子，是那只狗干的。他仔细回想，但他不记得那只狗撕咬过他。他挽起裤腿，看到自己的腿上并没有伤口，这才松了口气。

他拿起杯子准备去水房接些热水回来。刚走到办公室门口，一个人就与他撞到了一起。水杯里昨晚的剩水洒了他一身，水杯也摔碎了。

"赵老师，真的很对不起。"那个学生立刻红了脸，低着头向他道歉。他挺喜欢这个叫李志的学生，他在他的课上总是很认真，成绩也一直不错。可能是由于本身就沉默寡言的缘故，他对性格内向的学生都有一些好感。他摸了摸李志的头，笑着说："没关系，赶紧上课去吧。"

他没想到，他胸前的水渍一直干不了。

中午的时候，他吃完饭，给自己冲了一杯咖啡。他走到操场，一边喝热气腾腾的咖啡一边看学生们在操场上打球、遛弯、聊天。他很喜欢这个时刻，一切都感觉很宁静。

就像暴风雨到来之前的宁静。他突然冒出这么一个不太合适的比喻。他皱了皱眉头，很快就把这个比喻从大脑里扔了出去。风吹来，吹到他的胸口。他胸前的水渍一直未干，感觉是一片冰凉。他没有衣服可换，便向教学楼走去。

这时，他看到了那条狗。

他吃了一惊。难道它是一路跟来的？它要干什么？他不禁觉得自己有些可笑。相似的狗那么多，他怎么能肯定是同一条狗呢？这么想着，他慢慢地走到教学楼的大门前，站住，回头看了一眼。

那条狗直勾勾地盯着他。

他不安起来，右眼又开始剧烈地跳动。但是到了下午上课的时候，他就把这一切都抛之脑后。

下第一节课后，他又看到了那个叫李志的学生。那个学生正在班主任红梅老师面前嗫嚅着，低着头，脸微微发红，似乎在陈述一件丢人的事情。而红梅老师显得很不耐烦，她似乎没有一只耳朵在听那个学生的话，而是在快速地收拾东西，准备回家。

赵老师知道，红梅老师的孩子生病了，中午的时候被送进了医院。作为一个母亲，红梅老师现在心烦意乱，根本没有心思去理会一个不起眼的学生。

　　红梅老师走了。那个学生站在原地，一时不知道该干什么。赵老师听到了刚才的谈话，便走到那个学生面前。他说："或许我可以帮你。"

　　这时他看到了那个学生不信任的眼神。这种眼神让他有些受不了。他在想妻子现在正在家里做什么，吃水果？看电视？回家后还要对他恶言恶语。

　　他摸了摸那个学生的头，说："放学咱们一起走。"

三

　　李志进门的时候红梅老师已经开始讲课了。她看了他一眼，没有说话，继续讲。李志的脸微微发烫，走到自己的座位上，卸下了书包。红梅老师讲的是数学，黑板上很快就写满了各种符号。李志偷偷拿出那张信纸，心脏加快了跳动。他看到自己左前方的慧慧，她正仰着雪白的脖颈，安静、专注地听讲。

　　他踌躇着，不知道该不该把这个信纸交到慧慧的手上。慧慧是他第一个喜欢的女孩，他把自己的想法都写在了那张信纸上。他们几乎没有说过话，他只是悄悄地观察着她，注意着她的一举一动。李志想，自己的这个举措会不会有些太唐突了？

　　这时他的同桌一把把信纸抢了过去。他的同桌叫阿丁，是他最好的一个朋友。阿丁一脸坏笑，把信纸在李志面前晃了两下，低声说："这是什么啊，让你这么魂不守舍的。"李志大惊失色，便上去抢。桌子和椅子同时发出了噪声。红梅老师严厉地朝他们说："你们注意点。"李志只好气哼哼地盯着阿丁。

　　阿丁的笑容渐渐消失。他看完了信纸上的内容，抬起头，有些嘲弄地说："是……给慧慧的？"李志点了点头，说："可以还给我了吗？"然后又说，"可千万别跟别人说啊。"阿丁把信纸还给了李志，几乎是动情地说："放心吧，我不会的。"

　　李志没有心思听课。他在内心做了无数次斗争，自己对自己说，你现在是一个男子汉了，应该学会自己拿主意，拿自己的主意，什么也不要怕。

一切都会过去的，踏出这一步，你就真正长大了。

中午的时候，趁慧慧去食堂打饭，他把信纸塞进了慧慧的语文课本里。

下午第一节课就是语文课。李志的心脏已经蹦到了嗓子眼。他看到慧慧慢慢翻开书，鲜艳的信纸从书中滑落。他觉得时间静止了，全世界只剩下慧慧的手在移动着，靠近信纸。慧慧的表情疑惑而好奇。她打开了信纸。

李志使劲咽了一下唾沫。

时针在一点一点走动，似乎有一只大鸟在李志的脑袋里低低滑翔。

慧慧脸红了，她抬起头，飞快地看了李志一眼。李志急忙用书遮住脸，心怦怦跳动。他把书拿下来的时候，只能看到慧慧的后脑勺了。他觉得整个教室都能听到他心脏的剧烈跳动。他有些虚脱地靠在椅子上，盯着语文书上的古代文字发呆。

下课后，李志看到慧慧拉着要好的女同学上厕所去了。他心神不安，不知道慧慧究竟是什么意思。正当他胡思乱想的时候，阿虎走了进来。

阿虎一进门就问："谁叫李志？"

李志感觉眼前黑了一下。他知道隔壁班的阿虎一直在追慧慧，但似乎并不顺利。李志看到阿虎这么快就来了，反而镇定了下来。他在心里说，男子汉不会怕打架的，他要是敢怎么样我就揍他！他不知道为什么今天他会如此充满勇气。

他走上前去，不卑不亢地说："我就是李志。"他悄悄握紧了拳头。

阿虎上下打量了一下李志，冷笑一声，说："好的。放学等着我。"说完就转身走了，留下李志愣在原地。他本来以为这一架在所难免，他甚至已经想好了如何攻击对方的招式。可阿虎却把这一切无情地留到了放学以后。现在离放学时间还有三节课。

这三节课对于李志来说太过漫长，漫长到足够摧毁掉他的所有勇气。放学后他会做什么？我会遭遇到什么？未知的厄运让李志越想越恐惧。他感到自己的勇气在一点一点地流失，像是满满的沙袋漏了一个口子。

他看了一眼若无其事的慧慧，心里不由得埋怨起她来。为什么要告诉阿虎？如果想要拒绝我就直说好了，却为什么要让阿虎介入进来？难道我惹怒了你，非要给我点颜色看看你才甘心？慧慧的美好形象在他心里也像漏沙一样缓缓消失。

他无论如何也想不到外表善良清秀的慧慧会喜欢上阿虎这样的痞子，并且还会告密。他在信的末尾特意注明，希望慧慧不要告诉第三个人。可慧慧让他失望了。

他觉得自己正慢慢地变成以前那个懦弱的自己，男子汉的形象到最后不过是自己的幻想。他绝望地想，让暴风雨来得更猛烈些吧……

下课的时候，李志带着自己最厌恶的那个自己，也就是最懦弱的那个自己，去向班主任红梅老师求援。他的恐惧像是一个黑洞牢牢地吸附住了他，他不想再去扮演男子汉的角色了，他现在需要的是为自己的人身安全负责。

红梅老师很匆忙，似乎有什么要紧的事情要办。她说："阿虎威胁你了？"她说，"没事的，如果他敢怎么样你明天告诉我。"李志问道："那今天呢？"红梅老师说："今天我能有什么办法？"李志说："我想让您和我放学一起走。有您在，他们就不敢怎么样了。"红梅老师遗憾地说："实在不好意思，今天我有急事，必须先走了。你放心，他们不敢怎么样的。"

李志没有办法放心。红梅老师急匆匆地挎上包就走了。李志显得垂头丧气。

这时他看到历史赵老师向他走了过来。他端着一个热腾腾的杯子，说："或许我可以帮你。"

李志抬头看他，看这个平日里很少说话的老师，发现他几乎和自己一样年轻。你帮不了我的，李志心里叹了口气，但没敢说出来。阿虎除了校长、教导主任和红梅老师，不会害怕这个学校里的任何人。

赵老师似乎看穿了他的心思。他摸了摸李志的头，和蔼地说："放学咱们一起走。"

李志犹豫了一会儿，点头答应了。他真的很为自己今天鲁莽的行为后悔。可是他怎么能想到，慧慧会对他这么绝情呢？

另外，他清楚地看到赵老师胸前的水渍。

四

阿虎等校车的时候发现了那条黑狗。

那条黑狗在寒风中瑟瑟发抖，但面相凶狠，龇着尖锐的牙齿，似乎随时准备扑向他。阿虎对它笑了笑。他觉得这个早晨实在太平静了，平静得让他心烦意乱，这条狗出现得正是时候。他朝它慢慢地走了过去。

他走近一步黑狗就退后一步。黑狗眼睛中的凶光渐渐消失了，取而代之的是恐惧的神色。这下阿虎更得意了，继续向它逼近。他看到他的身影映照在黑狗光亮的黑眼珠里，显得无比狰狞。这种感受他很少能体会到。

突然，他跃上一步，一把抓住了狗的身子。狗的身体光溜溜的，十分冰凉。简直像是抓住了一条蛇，阿虎心里想。尽管他并不知道抓住一条蛇是什么感觉。

黑狗在他手中挣扎着，四肢已经悬空。阿虎用尽力量不让狗乱动。黑狗张开了血红的大嘴，牙齿上沾满了唾液。阿虎觉得很恶心，但他并不想屈服。他像是一个骑手在驯服一匹烈马一样地对付一条野狗。

黑狗挣扎的幅度越来越小，到最后彻底不动了，任由阿虎抱着它，仿佛阿虎是他的主人一样。阿虎心满意足，他准备放过它。

就在这个时候，他看到黑狗朝他笑了一下。

他永远无法描绘出狗的微笑是什么样子，但他清清楚楚地看到，那条黑狗冲着他笑了一下。他吓了一跳，松开了手。黑狗灵敏地跃到地上，迅速跑开了。

在校车上，阿虎还在想刚才那诡异的微笑。

校车最后要接的是一个叫李志的学生。校车等了好长时间，也不见李志的影子。阿虎有些不耐烦地朝司机喊："师傅，别等他了，开车吧。"司机看了看表，没有说话，默默地踩下了油门。

到了学校，阿虎已经差不多忘了刚才发生的事。他在厕所里点了一根烟，看着窗外的操场，闷闷不乐地想，注定又是无聊的一天啊。然后他想到了慧慧，不知道她现在正干吗呢？如果不是因为慧慧，阿虎早就不来上课了。

他之所以每天准时来到学校，就是为了能多看慧慧两眼。

他曾公开追求慧慧，但得到了她暧昧不清的回答。阿虎搞不清这女生是什么意思，但经常对外宣称慧慧已经是他的女朋友了。由于这件事他分别受到了教导主任和慧慧的班主任红梅老师的双重打压。

教导主任和红梅老师是他最犯怵的两个人。他们经验丰富，手法老道，每天都是一副大义凛然的样子，仿佛在学校里他们有着深不见底的底气。在这两个浩然正气的老师面前，阿虎总觉得自己像是过街的老鼠般抬不起头来。

我早晚会让你们知道我的厉害。阿虎愤愤地想着，把烟头从窗户扔了下去。

然后，他在学校里四处闲荡。

直到阿丁找到了他。

还是在男厕所里面。阿丁显然不是来方便的。他看到正在抽闷烟的阿虎，就凑了上去，对他说："我告诉你一个秘密。"

阿虎没有抬头，他懒洋洋地问道："什么秘密啊？"

"和慧慧有关的。"

阿虎这才打起了一点精神，说："怎么，难道有人想对慧慧下手？"阿丁点了点头，说："是的，他叫李志。"阿虎想了一会儿，说："我好像对他没有什么印象啊。"

阿丁把李志的事对阿虎说了一遍。阿虎冷笑道："哈，这小子还写情书呢。他知道我和慧慧的关系吗？"阿丁说："肯定知道。"阿虎把烟掐灭，说："走，看看去。"

阿虎来到教室，喊了一声："谁叫李志？"

半天没有人应答。阿虎轻蔑地笑了笑，还想说什么，这时一个男生走了过来，说："我就是李志。"阿虎上下打量了他一遍。他可以明显地感受出这个叫李志的家伙很紧张，他看到了李志紧握的双拳。他知道这个时候动手的话对方一定会拼命反击，自己不一定能占到便宜。他说："好的。放学等着我。"然后留下目瞪口呆的李志，径直走了。

到了快放学的时候，阿虎才想起来还有李志这么一件事。他守在门口，点上一根烟，静静地等着。很快他看到了李志，显然李志更早地发现了他。他看到那个叫李志的家伙身边还跟了一个老师模样的人。阿虎在心里暗笑："这家伙还找了一个帮手。"

　　李志停住脚步，显得有些慌张。而那个老师模样的人走了过来，对阿虎说："你们的事我已经知道了，我希望你们能够理智地解决问题。"

　　阿虎的个子比赵老师还要高。他轻蔑地打量着赵老师，说："这儿没你的事。你别没事找事玩儿。"说完又点了一根烟。赵老师有些激动地说："我是老师，你们是我的学生，我必须得管。"

　　阿虎瞥了一眼一言不发的李志，对他说："你跟我来。"他朝校门口走去。李志愣了一下，看了看赵老师，然后谨慎地跟了上去。赵老师给李志使了一个眼色，和他并排走着。

　　就这样，阿虎走在前面，李志和赵老师并排走在后面，一行三人来到了护城河边。阿虎在桥上站住了，转过身看着后面两个人。桥下是冰冷刺骨的河水，一阵阵冷风刮来，似乎使这里的温度骤然降低了好几度。

　　阿虎费了好大劲才点着了烟，他吐出的一口烟很快就被冷风吞没。他瞄了瞄四周，满意地说："你们看，这里多清净，几乎没有什么人。这里是最理想的解决问题的地方。"

　　赵老师严肃地说："你想要干什么？"

　　阿虎原地绕了一个圈，说："我不想干什么。我以前说过，谁想打慧慧的主意，我不会给他好果子吃。但是今天既然您来了，我也就给您一个面子。"

　　"什么面子？"赵老师问。

　　"只要你……你叫什么来着？对，李志，只要你给我在这河里游一圈，我今天就放过你，我保证既往不咎。"阿虎说。

五

李志感到一种前所未有的屈辱感笼罩了全身，仿佛是从踩碎的甲虫的身体里流出来的某种液体。他感觉自己的耳朵和双手就要被冻得没有知觉了。阿虎好奇地望着他，说："怎么样，你游一圈，一切都解决了。"说完，他露出了戏谑的表情。

"你简直是太欺负人了，"赵老师的声音由于愤怒而有些颤抖，"这么冷的天气，你让人去河里游泳？他怎么说也是你的同学啊，你就这么冷血？"

阿虎冷冷地看了赵老师一眼，说："这里没你什么事。"

"如果我不游呢？"李志说。他的全身都在微微颤抖。

阿虎把抽到半截的烟丢到河里，往前走了两步，声音像是被河水浸湿了一般阴冷："那就别怪我不客气了，今天我一定要让你长长记性。"说完，他"嗖"地一下不知从什么地方掏出了一把匕首。

那是一把藏刀，开过刃的，像河水一样闪烁着冷峻的光芒。李志本能地后退了一步，想象着刀刃接触到皮肤时的感觉。

"我劝你们老实点，别看你们是两个人，但一起上也不是我的对手。"阿虎拿着刀子，语气凶狠。

赵老师盯着阿虎手里的刀子，说："你不要干傻事，你这可是犯法的啊。"

阿虎用手轻轻地抚摸着刀刃，像是自言自语地说："它是我新买的，不知道好用不好用。"他拿着刀向前走了几步。李志和赵老师同时向后退去。看着瑟瑟发抖的李志，阿虎笑着说："放心，我不会要你命的，我只是想在你身上留下一些印记而已。"

李志痛苦地闭上了眼睛。

"不想留印记也行，只要你下河游上那么一圈，就不用受皮肉之苦了。"阿虎说。

李志感觉自己变成了全世界最纤弱的人，像是一只羽毛，一根稻草，一块玻璃，轻轻一碰就会粉身碎骨。风把衣服紧紧地按在他的身上。他真想让自己变小、变小，让谁也看不见他。

"我替他游。"赵老师突然说。

阿虎有些始料未及。赵老师一边脱外套一边说："我水性好，我替他游。"

"不用。"阿虎冷冷地说，"这是我们两个之间的事，和你无关。"

李志从心底里感激赵老师，他从来没想到赵老师瘦弱的身体里竟然蕴藏着如此高贵的品格。他真想对阿虎说，还是我游吧，别难为赵老师。可是他却没有勇气说出口，深不见底的刺骨的河水令他害怕，闪烁着灰色光芒的刀刃令他恐惧。这时他看到了一条黑狗出现在阿虎身后。一条熟悉的黑色的狗。

"我是老师，我替他游。"赵老师坚持道。他站在阿虎和李志的中间，胸前的水渍还隐约可见。

这时他也注意到了那条熟悉的狗。他不禁觉得诧异，目光就越过了阿虎，看向那条狗。

阿虎觉得奇怪，也回头看去。

李志看到赵老师突然扑向阿虎，想要夺过阿虎手中的刀。赵老师的身体突然变得像鸟儿一样轻盈，几乎是一眨眼的时间，就与阿虎扭打了起来。

那条黑狗在桥头冷冷地注视着。

阿虎的刀掉到了地面上，"哐当"一声。赵老师连忙弯腰去捡。就在这时，阿虎双手猛地将赵老师推到一边。

赵老师轻盈的身体撞到了桥的护栏上。护栏"咔嚓"一声折断，赵老师的身体与折断的护栏一同掉进了浑浊的河水中。

他仿佛不是掉进去，而是被一个黑洞吸了进去。几乎没有发出声响。

他的毛质衣料像海绵一样迅速吸满了水，变得异常沉重。一些碎片一样的画面迅速在他脑海中闪过。很快，他被冻得失去了意识，沉入了黑暗的河水深处……

阿虎惊慌失措，他强迫着自己镇定下来。他走到同样目瞪口呆的李志面前，有些踌躇地搓搓手，呼出一口冷气。

"我不是故意的，"他把一只手搭在了李志的肩膀上，"真的不是故意的。希望你不要说出去，你知道的，这里的护栏年久失修，之前已经掉进去过一个孩子了……"

见李志不说话，阿虎有点紧张。他往河里看了看，河水依旧缓慢地流淌着，似乎一切都没有发生过。

"那个，"阿虎说，"咱俩的事就一笔勾销了。慧慧嘛，如果你真的喜欢，我就让给你好了，只要你不说出去……"

李志像突然活了过来，朝阿虎的胸口狠狠地打了一拳。阿虎踉跄了一下，并没有还手，他再次拍了拍李志的肩膀，脸上的表情被寒冷的天气冻得有些变形。李志看不出他是哭还是笑。

"你千万别说出去啊，咱俩的事一笔勾销……"这时阿虎看到远处出现了几个人影。他看了看沉默不语的李志，就转身逃跑了。

李志看到那只黑狗依旧在原地冷冷地注视着这里发生的一切。

然后他看到了黑狗的笑容。

那笑容一闪而过。李志感觉自己头晕目眩，眼前越来越模糊。在恍惚中他仿佛看见黑狗像灌满风的黑塑料袋在不断膨胀，最后被撑破了，一大群乌鸦从黑狗的身体里冲了出来，盘旋在李志的头顶上，鸣叫着。

一大群乌鸦。远处那几个人突然站住脚步，改变了方向。

李志不顾一切地跑了起来。

六

到家的时候，李志感觉自己像刚从冰窟窿里出来一样，从头到脚地冰冷，仿佛每一块骨骼都在慢慢地结冰，冻住。

"儿子回来啦！"李志的父亲兴奋地迎了上来，抱住了儿子。他感觉李志的身体像铁一样冰凉。但他没有多问，而是神秘兮兮地对李志说，"你猜今天爸爸给你买了什么礼物？"

李志恍惚地摇了摇头。

父亲把他拉到卧室，从抽屉里拿出一个纸盒子。他打开盒子，李志看到，盒子里装的是一个黑色的电动剃须刀。

"我宣布，从今天开始，我的儿子就是一个用剃须刀的男子汉啦！"父亲哈哈大笑着说。

李志打开剃须刀的开关。剃须刀立刻嗡嗡地颤动起来，像是把一只巨大的将死的苍蝇握在手里。

李志的父亲觉察出李志神色异样，他小心翼翼地试探道："今天你想让你妈做什么好吃的？尽管说。早上我们的态度是有点儿……我们知道你已经长大了……已经是男子汉了……"

李志像是突然醒悟过来，打断了父亲的话。他感到异常寒冷，哆嗦着说："我要喝白米粥。"

他感觉自己急需一碗热气腾腾的白米粥。

仪式的继续

在那段日子里，我曾极度地厌恶书本。当我背着沉重的书包走在街上，那些从小和我一起长大的男孩们便在旁边对我挤眉弄眼。"真像是个好学生啊！"我忍受着他们的冷嘲热讽，直想把书包扔到地上，踩上两脚才算解恨。但是我并不敢这么做。母亲的影子一直在我身后，使我不敢回头。当她早晨把书包放在我肩上，对我例行嘱咐一些事情的时候，我可以感觉出那貌似平静的语言背后，有什么东西像一副铁板牢牢固定住我。在我的家庭中，母亲精心地经营着我的生活。经过她十几年不懈的努力，我就像一个生活在画中的人，无论如何也走不出她为我安置的画框。

母亲坚持让我上了高中，至今我都觉得这是一个真正的灾难。我无法融入高中的集体生活，无法理解老师们整天讲的东西究竟有什么用。每天我坐在课桌上，像是坐在针尖上一样不安。但我并不是一个真正意义上的坏学生，起码我不会干任何坏事，我不会伤害任何人。我闭上眼睛的时候，在脑海里常常会出现一把刀子，刀子的锋刃对着我自己。这让班主任很满意，她把我安排在教室最后面的角落里，赏赐给我一个独立的王国。在这个王国里我可以干任何事情，只要不影响其他同学的学习。

但我仍感觉到极度的无聊。母亲每天晚上都会检查我的书包，对照着课程表检查我有没有遗落什么该带的东西。因此我的书包总是打理得整整齐齐，书本温顺地码放在书包里。它们都有着光滑的封面，我有时忍不住抚摸它们，感觉上面似乎还残存着母亲的体温。每当这时，我都会冒出想要好好学习的念头。我盯着黑板，想把老师讲的每一个字像钉钉子一样钉牢在脑子里。可是每次不出三分钟，我的注意力就会被其他事物吸引：窗外飞过的鸟儿，疾驶而过的警车，甚至是旁边同学新换的鞋子。慢慢地我发现，不光是听讲，我甚至无法集中精力干任何一件事。红梅老师——我们的班主任，一个很有经验的老教师，曾经找过我的母亲。她怀疑我患有注意力无法集中的某种病症。

"你的意思是我的儿子有精神病？"母亲如是说。她把红梅老师这样的想法看成是一种侮辱。母亲气愤不已，但仍保持着风度。她的脸涨得通红，把手搭在一起，平放在紫色长裙上，姿势庄重而又不失攻击性。"我希望以后你不要再这样想你的学生。"母亲最后这样说道，"我们不会可笑到去看什么医生。"她伸手去拿包，"再见！"

红梅老师尴尬地送走了母亲，从此再也没有提过带我去看医生的事。

我的日子恢复了平静。尽管我的成绩在班上永远是垫底，以这样的成绩想要考入大学简直是天方夜谭。但母亲依然坚持每天检查我的书包，微笑地把小说从我书包里拿走。"看这样的东西纯属浪费时间。"她每天都给我穿新衣服，并把我一直送到车站。这个过程简直就像是在履行一个仪式，我的母亲乐此不疲。

在胡同里那帮和我一起长大的孩子中，我是唯一一个还在上学的。去小商店买铅笔或作业本时，我经常可以遇见他们中的某个或某几个。他们窃窃私语，怪异地看着我，这使我羞愧难当，像是被他们抓住了什么把柄。

在上课时，我干得最多的就是看着窗外的景色，胡思乱想。我想，这样的日子似乎不会有尽头，会不会出现"天使"之类的人物把我带出苦海呢？每当我这么想时，都会情不自禁地傻笑起来。

没想到"天使"真的出现了。

那是一次沉闷的午自习，教室里除了写字和翻书的声音外，还有一种隐约的"嗡嗡"的响动。我不知道声音源自何处。所有的同学都在低头写作业，我可以看见坐在最后一排的同学每个人的笔都在颤动，像是蜜蜂落在了上面。而我无事可做，准备继续睡觉。我是被那种"嗡嗡"的声音吵醒的。我的脸上睡得汗津津的，十分难受。

我刚要睡下，就听见有谁喊了一声我的名字。我连忙抬起头，发现同学们依旧伏案学习。难道是幻听？正当这时，我又听见有人喊我的名字。我知道这不是幻听了，因为几乎所有的同学都抬起头来。有的回头看我，有的看向窗外。

我趴在窗户上，看见楼下站着一个染着红头发的人，在阳光的照耀下像是一块晶莹的红宝石。他斜靠在一辆摩托车上，脸上挂着笑容。

是他向我挥手，并大喊着我的名字。

我想起了他的名字，他叫阿京，与我在一个胡同里长大，但是我已经很久没有见过他了，没想到这次他竟然来找我。

同学们看着我。一种自豪感在我心里油然而生，我为自己有这样的朋友而骄傲。你们有这样的朋友吗？我很想问问他们，但是最终还是没有问。我准备下楼去。

"你这可算是旷课啊……"班长小声提醒我。

我在门口站住，但半秒钟之后，我感到没有人可以阻拦我了。我像是一只鸟儿飞出了教室，飞下了楼梯，似乎有一双无形的翅膀让我的身体变得轻盈无比。半路遇到我的人都惊讶地站住看着我，好像他们真的看到有一根根羽毛从我的皮肤里长出来。我心里隐隐感到生活就要发生改变，我期待已久的转机就要到来。

来到门口的时候，我试着推了推学校的铁门。门被轻易地推开了。我向门卫室望了望，门卫室脏兮兮的窗子里，那个守门的老头也在看着我，脸上带着似笑非笑的表情。我低下头，继续推动铁门。铁门发出刺耳尖锐的声音。我担心那个老头会突然冲出来，挡在我的前面，对我厉声说："没有老师开的证明你不能出去！"但他没有这样做，仿佛眼前的铁门与他并没有什么关系。

我感到这一天真的是充满了魔力。

阿京依旧站在那里，笑眯眯地看着我。他脸色苍白，身材瘦削，五官像是雕刻出来的塑像。我微微地喘着气，后背上冒出了汗。白色的校服黏在我的脊背上，风一吹，感觉那里一片冰凉。

阿京发动了摩托，对我说："上来吧！"我犹豫了一下。自从很小的时候学骑车摔过后，我就再也不敢坐四个轮子以下的车，更何况是我从未坐过的摩托车。

那是一个炎热的夏天，母亲不知为什么给我买了一辆崭新的自行车。我看见它的第一眼就喜欢上了它。它的车身在阳光下闪烁着银白色的金属光泽，像是一件贵重的银制品。我跨上去，心里充满了新奇的感觉。我用手拨动车铃，铃铛轻快地鸣叫了两声，像是音乐课上动人的三角铁。这像是一个鼓励。我左脚踩着地，右脚慢慢地蹬着车。我听到母亲在我身后说："别怕，我会一直扶着你。"那时我的手掌已经紧张得一片湿润。

就这样，母亲在后面紧紧地扶住车。我的胆子渐渐大了起来，车越骑越快。起风了，几张碎纸片跟着我一起飞舞，像是在相互赛跑。一枚叶子突然盖住了我的右眼，我用手把它拂开。车身开始一阵剧烈的抖动，我感到一种强大的力量让车子发生了转向。我惊慌地回头，发现母亲站在原地，一手叉腰，一手搭在额头上做帽檐。一大片阴影覆盖在她脸上。

车轮卡在了一块石头上。我重重地摔了出去，在地上打了几个滚才停下。我的两个膝盖都被摔破了，鲜血顺着小腿流下来。我哇哇大哭起来。

"摔一次很正常，"在那之后母亲说，"怎么说不学就不学了呢？"

我低着头看着膝盖上缠着的纱布，只是一个劲地摇头。母亲看着我，叹了口气。"摔一次就不学了，以后你还能干什么？"而我的态度坚决，说不学就不学了。那辆车后来被母亲送给了别人，以后我再也没听到过像它一样清脆的铃声。

阿京把一个硕大的头盔递给我。我把它捧在手里，感觉沉甸甸的。我抬起头，看见楼上的同学们都在往下看着这一幕。他们有的手里甚至还攥着笔。不一会儿他们纷纷离开了窗子，我看到红梅老师的身影在窗前一闪而过。

有一种莫名的力量掌握了我，让我戴上了头盔。

阿京点点头，也戴上头盔，一步跨上摩托车。我坐在后面，紧紧地抱住他的腰。车子启动了，发出"突突"的声音。我们在马路上飞驰，好几次似乎就要与前面的车子相撞，而阿京总是能巧妙地避开。我们的衣服都灌满了风，像是两只飘荡在这城市上空的塑料袋。周围的景色变成了无数彩色的箭，从我们面前射出来。学校离我们越来越远了，很快它就变成了一个白色小点，消失在无限延长的公路上。

这一刻我真的愿意称阿京为天使——红头发的天使。

我们的车停在了一个酒吧旁边。阿京摘下头盔，吁了一口气。

天刚刚黑了下去，一轮明月从城市的楼宇中缓缓升起。这个时候的城市像是一头刚刚苏醒的巨兽，绚丽多彩的霓虹灯广告牌和车灯闪烁着。阿京的眼睛被灯光反射得很明亮。

"走吧，进去吧。"阿京对我说，然后迈步走了进去。我随后跟上。酒吧里面正演奏着迷幻的音乐，配合着不断变化的灯光。人们在喝酒或是玩各种桌面游戏。我们走过的时候里面的人们都有意无意地打量着我们。他们注意的并不是阿京，而是我。我知道这是因为我还穿着校服的缘故。纯白色的校服已经被映成五颜六色，它在这里是显得如此不合时宜，让我羞愧。

我俩找到一处座位坐下。我环顾了一下四周，酒吧的中间有一个台子，现在上面没有人，只摆放着架子鼓和电子琴，音乐是从音箱里传出来的。我问阿京："你为什么带我来到这里？"阿京摇摇头，说："我也不知道。"他正在研究桌子上的酒单。我知道是同一种无名的力量分别驱动着我们，指引着我们来到这里。现在我好奇的是，这种力量的目的是什么？我可以感到它到现在并未消失。接下来它会做什么呢？我看到阿京十根修长的手指在桌面上不安地来回起落，仿佛在等待着什么。

一个人走到台子上，手拿话筒，对台下说道："各位朋友，我们今天请到了著名的'鲍家街43号'乐队来到这里演出，大家鼓掌欢迎！"

"'鲍家街43号'是什么乐队？"我抿了一口刚刚端上来的啤酒。之前我看到阿京往我的啤酒里放了一个什么东西，但我没有理会。那口酒从嗓子流进胃里，使我的胃有些微微发热。我喜欢这种感觉。阿京也打开一瓶，咕嘟咕嘟仰头喝完了。"是一个很好的乐队。"阿京说。他向后稍稍仰去，靠在椅背上。

几个人拿着乐器登台。站在中间的是一个留着长发，方块脸，戴着一个黑框眼镜的男子。酒吧里的灯光暗下来，集中在他身上。

　　"《晚安，北京》。"男子对着话筒说了一句，像是在嘀咕。音乐声响起。很凝重的节奏，像是一个木匠在往木头里钉钉子。我被这节奏打动了。黑暗中我的胆子似乎大了起来，拿起啤酒罐，对着阿京说："干杯！"他愣了一下，然后笑着说："干杯？好，干杯！"我们两个人的铝罐撞在了一起。几滴啤酒溅到我脸上。

　　阿京放下啤酒，重重地鼓了几下掌。我也跟着他拍了几下手掌。我对台上那个忧郁的男子很好奇，不仅仅是因为他们有一个奇怪的乐队名字。

　　"那人是谁？"我问。阿京摇摇头，双手交织在一起。

　　"你是说那个主唱？我也忘记他叫什么了。"阿京说着突然像想起了一件什么值得高兴的事，在空中打了一个响指。

　　整个酒吧被凝重的音乐声笼罩。我想如果那个主唱再不开口的话，音乐所营造出的气氛将被瞬间打破。终于，他开口了。

　　"我将在今夜的雨中睡去……"他声音低沉，像是在念祷文。但是歌声却有着非凡的穿透力，好像每一个词都获得了重量。

　　我感觉酒吧里的世界像是一个漏斗一样突然被人翻了过来。我的人生从此开始重新计时。我从未听过这样的音乐，像是无意中走进了一条陌生的小巷。

　　我一直在不停地哆嗦，这可能与酒精有关。我第一次一口气喝那么多的酒，整个身子软绵绵的。我使劲抓住桌子，仿佛一不小心它就会随时溜走。阿京一直看着我，似乎对我的表现很是满意。

　　"感觉怎么样？"他的声音像是从遥远的黑暗中传来。

　　我不知道该怎样回答。我的牙齿在不听使唤地上下撞击着。

　　阿京笑呵呵地把刚才紧握在一起的五指张开。"还想再试试吗？"我看到他的手掌心里有一粒红色的药丸。

　　"这是什么？"我问。他露出了一种奇怪的微笑。我看到他发蓝的牙龈。

　　这时最后一个音符落下。歌手的声音立刻变得空空荡荡，回响在人们的耳膜上。

　　"晚安，北京。"他忧郁地扶着眼前的话筒，好像在抚摸一只受伤的小动物。

我突然恢复了正常，像是从天空落到大地，双脚踏在了坚实的地面上。

"我想要像他一样。"我指着台上的歌手。

阿京双眼发亮："真的？"

我点点头："我希望以后能像他一样歌唱。"

我跟着阿京回到了他的合租房。由于是晚上，阿京的摩托车骑得更快，隔着头盔也可以听见发出的巨大轰鸣。只有月亮一直跟着我们，它不时会被高大的建筑挡住，但很快又露出头来。今晚的月亮看上去显得有些破碎。

我一进门就呆住了。阿京的客厅里摆满了乐器，墙上贴着各种乐队的海报。我回头看他。他正在不断地摁着电灯开关。"灯泡又坏了。"他无可奈何地说，"我的家很乱，是和哥们合租的。"

"你们也是乐队？"我兴奋地搓着手。

"当然！"阿京倚在角落里，目光炯炯。

"吱扭"一声，在我面前的两扇门都打开了，几束光柱照到我身上。左边那扇门出来的是两个男子，右边出来的是一个女孩。"你是谁？"女孩警惕地问我。她穿着一件白色的睡衣，和我校服的颜色很像。我局促地站在一堆杂乱之中，有些后悔来这里。

"他是和我一起长大的邻居，"阿京笑着说，"他不想回家去，他想和我们住一段时间，丽丽。"

"他付房租吗？"丽丽的手电筒射出的光柱在我身上扫来扫去，好像一双手摸来摸去。

"他还是个中学生呢。"稍瘦的男子提醒似的说。他盯着我身上的校服。

"好吧，学生。"她关掉了手电筒，"阿京，你买苹果了吗？"

阿京"哦"了一声，迅速地说："抱歉，我忘记了。"丽丽冷笑了一声，双手交叉在胸前。"你答应给我买的。我都有多长时间没吃苹果啦？难道你忘了我最喜欢吃那东西吗？"阿京点点头，打了一个响指，"放心，明天给你买。明天。"

"明天。"丽丽重复了一遍，转身走进房间，把门关上了。阿京对我说："你就和瘦子还有小谢一起睡。"

我们三个挤在一张床上，空间很有限。我仰面看着天花板，感觉似乎来到了另外一个世界。学校生活似乎已经是上个世纪的事了。窗户没有窗帘，外面不时有车灯迅速地在屋里划过。我闭了会儿眼睛，但毫无睡意。母亲现在在做什么呢？她是不是也像我一样在黑暗中睁大着眼睛，双手紧紧抓着床单？想起这些我就害怕，她会不会报警？

一阵争吵声打断了我的思绪，是隔壁的声音，是阿京和丽丽。瘦子和小谢都坐起来，听了一会儿，又重新躺下。"难道还是因为苹果？"我问。"是啊，苹果。"瘦子嘎嘎地笑了两声。"丽丽怕是要坚持不住了。"小谢略带沮丧地说。"为什么？"我问。隔壁传来了砸东西的声音，让人头皮发麻。"其实也没什么。"瘦子说，"感到未来遥遥无期，女孩的青春也就那么几年。"小谢翻了一个身，响起了鼾声。瘦子睡着后不久，开始磨牙。

第二天一早，我来到客厅，看见阿京正坐在沙发上，看一本音乐杂志，上下眼皮不住地打着架，头发乱糟糟的，像是一蓬红色的稻草。桌子上放着一袋子红彤彤的苹果。他勉强打起精神，对我说："你把校服脱了吧，换上这个。"他把一团红色 T 恤扔给我。

洁白的校服现在已经有些脏了，我把它脱下来，当它拂过皮肤的时候，我不禁冒起了鸡皮疙瘩。我颤抖地换上红色 T 恤，那上面印有一个巨大的拳头。我摸了摸这只拳头，打心眼里喜欢它。我看了一眼刚刚换下来的校服，此刻它如同刚刚死去的小狗，蜷缩成一团。

丽丽不在阿京的房间里。"她出去买早点了。"阿京头也不抬地说。我来到窗前，屋子变得静悄悄的，只有外面传来的几声鸟鸣。我倾听了一会儿，回过头来看到阿京还在沙发上坐着。我突然意识到其实我们根本不算熟悉，自从他离家出走以后，我就没有见过他。而昨天，他却在我最需要改变的时候出现，把我带到了这个世界里。我的目光落在了一只破旧的吉他上面。我的心突然动了动。

我指着它说："我可以弹弹吗？"阿京抬起头，看看我又看看吉他，点头说："当然可以。"我走过去，把它抱在怀里。我一点音乐知识都不懂，只好学着电视上的样子，随便拨动几下。阿京猛地抬起头，问："你以前学过吉他？"我摇头。"你再弹几下我听听。"他说。我又跟着心中的旋律弹了几下。我感觉我的样子就像是在弹棉花。阿京站起来，大步走到我身旁，把我的右手举了起来。"我真的太惊讶了，真的。"他兴奋地说，"你在这上面一定有很高的天赋！"

我不好意思起来，不知他是鼓励我还是确实如此。这时丽丽从外面回来了，手里提着热气腾腾的油条。"快吃吧，吃完赶快去排练！"丽丽面无表情地说。她浑身散发着一种幽冷的气息。当我以后再次回忆起她时，发现我几乎没有看她笑过。起初我以为她只是针对我，因为我没有钱，纯属过来蹭吃蹭喝，什么忙也帮不上。后来我发现她对谁都一样冰冷。她的长发和阿京一样，染成红色，像是一株珊瑚。

我跟着他们来到排练室——一间地下室，以前是仓库，后来被阿京租来作排练室。他们排练的时候我就坐在一张椅子上，练习着阿京教我的几个和弦。断断续续的音乐声从我手指间流出。时间流逝，当我停下来想要休息一会儿的时候，我发现已经过去两个小时了。也就是说，我坐在这张椅子上，全神贯注地一口气练了两个小时的琴！我从来没有如此集中精力地干过一件事。

阿京会不时地过来拍拍我的肩膀。有一次他甚至说："等你练好了，我就正式邀请你参加我们的乐队！"在这间不透风的地下室里，我度过了一段最快乐的时光。我从他们的口中得知，一个月后，他们将有一场非常重要的演出，那天会有一个很有实力的唱片公司的老总参加，他们乐队的成败在此一举。为了那场演出他们没日没夜地排练，演出的地点就在上次阿京带我去的那个酒吧。

一个月很快就过去了。此时我正坐在昏暗的酒吧里，在一派烟雾缭绕中努力辨别台上阿京他们的表情。同时，我也在暗暗注意角落里一个并不起眼的胖子。他的戒指在黑暗中闪闪发光，他的手指短小而粗壮，仿佛是从戒指中直接长出来的。我似乎隐约可以看见，在他的手上牵着一条隐秘的线，那是阿京他们的命运线。

台上的所有人都异常紧张，尤其是丽丽，这个乐队的女主唱，此刻脸色白如砒霜，而嘴唇却涂着鲜艳的唇彩，像是刚刚喝过血一样。阿京拍了拍她的肩膀，像是拍在了一座冰雕上。他在她耳边低声说了些什么。丽丽僵硬地点点头，脸色依然苍白。

那一晚的演出很成功。丽丽在唱响了第一句歌词后，仿佛终于找回了灵魂。全场都慢慢被她带动起来。我看到角落里的那个胖子，他不时也会兴奋地拍几下手掌，甚至站起来，眼睛盯着台上光彩照人的丽丽。舞台上不断变幻的灯光打到他脸上，使他的表情飘浮不定。

听着一波又一波的欢呼声，我可以强烈地感受到，成功离他们越来越近了。我的手掌上全是汗，亮晶晶的，像是刚被水洗过。我抱着阿京送我的那只旧吉他，不禁热泪盈眶。而它似乎也在我怀里轻轻颤抖着。

当丽丽走下台的时候，那个胖子举着肥厚的手掌迎了上去，给了丽丽一个大大的拥抱。这突如其来的拥抱让丽丽有些不知所措。她在胖子的怀里艰难地回过头，求助似的看着阿京，一缕头发耷了下来。阿京站在后面，傻呵呵地笑着，似乎还没有从巨大的喜悦中回过神来。

我和阿京走出酒吧的时候，大地像船一样在摇晃。我们都喝了不少。阿京走到我面前，用他滚烫的手掌摸了摸我的脸。我转头看到丽丽，她盯着眼前川流不息的马路，两道泪痕刻在脸上。

我突然意识到我从未如此接近过某件东西……那件东西如同圣物般隐藏在黑匣子中，我之前从未一睹真容。而就在此时，它突然出现在我眼前。我与它是如此接近，简直触手可及。

那件圣物在街道上缓缓升起，幻化成一道光环，盘旋在我们的头顶上。

我们焦急地等待着阿京。我们站在车站，看着一辆又一辆公交车在我们面前停下，走下来一大帮人，但我们看不到阿京。眼看到了中午，阿京瘦弱疲惫的身影终于从一辆很空的公交车上走了下来，仿佛浑身蒙上了一层尘土。他脸色惨白，朝我们走来。

我们嗅到了不祥的气息。瘦子走上去，小心翼翼地试探道："是不是……没戏了？"

阿京摇摇头。小谢说："这么说就是有戏？唱片公司究竟是怎么说的？"阿京舔了舔干裂的嘴唇，说："唱片公司已经同意签约，但是……"他的话给我们留下了一个悬疑的尾巴，无数种可能性都可以镶嵌到这个"但是"

后面。

"他们说……只签丽丽一人。"

阿京的话使空气像水泥一样瞬间凝固了起来，仿佛在我们中间垒起了一堵墙。丽丽半天说不上话来，瞳孔像猫一样缩小。阿京的舌头也不翼而飞，沉默地站在那里，看着一小撮碎纸片被风卷了起来，盘旋在公路上。

"恭喜啊……"瘦子打破沉默，"丽丽，你终于成了一个真正的歌手。"

"明天上午十点，"阿京的话像是一口袋碎玻璃，"他们让你亲自去公司一趟。"

那天晚上有一种世界末日的气氛。阿京想说一些笑话活跃空气，但他换来的是更为长久的沉默。我们都早早睡下，彼此间都无话可说。

第二天，我们一起出门送丽丽去车站。阿京双手插兜，气色看起来比昨天要好多了。他说："丽丽，我们真诚地祝贺你，你不会再过以前那样衣食无着的生活了，你的事业终于走上了正轨。"

丽丽微微一笑。这是我第一次看见她笑，也是最后一次。

我们几个默默地走了一会儿。小诚咳嗽了一声，说："丽丽，等以后你火了，别忘了我们这些哥们啊。有一句话怎么说来着……什么苟富贵，什么的……"我们哈哈大笑起来。

"放心吧，我不会忘记你们的。"丽丽的长发温柔地搭在肩上，动情地说。

"等我一下！"阿京突然跑开，不一会儿气喘吁吁地跑了回来，手里捧着一大兜子苹果。他把苹果递给丽丽，说："路上吃吧。"丽丽没有伸手去接。阿京愣了一下，说："你不是最爱吃苹果吗？"

"现在不想吃啊，"丽丽面露难色，"拿一袋子苹果去公司算怎么回事啊？"阿京点点头，说："也是。"就提着苹果跟在她后面。装着苹果的袋子不时击打着阿京的小腿。

"好了，你们不用送了。"丽丽自己跑到对面的车站，朝我们挥手。片刻后，一辆公交车停在我们和她之间，挡住了她的身影。车开走后，在我们眼前只剩下空空的站台。

往回走的时候阿京仿佛老了二十岁，弯着腰，如老年人那样漫无目的。我停下脚步，准备说出已经酝酿已久的话。我对阿京说："我想要加入你们的乐队。"阿京好像没有听清，问："你说什么？"我又重复了一遍，说：

"我想要成为一名歌手。"阿京往前走了几步，我无法确定他是否听清。他突然停了下来。

"回家去吧。"阿京像是在喃喃自语，"都这么长时间没回去了，你为什么不回家去？"

我惊讶地看着他，感觉自己受到了欺骗，差点儿委屈地掉下眼泪。而他们不再管我，径直向前走去。太阳给他们的身体镀上了一层无力的光辉。

我想，或许真的到了回家的时候。

这是我一个月后重新推开家门。我把脑袋伸了进去，吓了我一跳。

母亲端坐在客厅，对我报以微笑。她仿佛早已知道我要在今天回来。一切都准备好了。书包放在桌子上，旁边放着叠得整整齐齐的洁白校服。母亲走到我面前，轻轻地摸着我的头发。我温顺地站在那里，等着她突然的暴跳如雷。然而她始终都没有面露怒色。她只是盯着我的红色 T 恤。

"这是什么？太难看了，快脱下来。"她皱了皱眉。

她拿起桌子上的校服，用力一抖，像是展开了一面旗帜。

"换上它。"

我穿好校服，母亲满意地打量了我一会儿，转身把那身红色 T 恤扔进了垃圾筒。她拿起书包，等待着什么。我走过去，把左胳膊伸进了书包带，又把右胳膊伸进了书包带。然后我感觉后背一坠，书包稳稳地趴在了我身上。母亲轻轻地拍了拍书包。

"上学去吧……"

对手

　　慕先生让身体完全浸到了水中。浴缸里的水有些满，在他日益臃肿的身躯的挤压下，有些水从四周溢出去。慕先生皱皱眉头，看着浴室里的镜子。那面镜子已经被水蒸气完全蒙住，白蒙蒙地一片，仿佛是一层毛玻璃。慕先生在浴缸里不安地摇晃着身体。浴室里的灯光昏暗，是一种不健康的黄色光晕。他抬起左臂，左臂湿淋淋的，仿佛是一截从水里捞出来的随便什么恶心的东西，苍白，浮肿，没有生气。慕先生胡乱地抹了一把脸，对着外面大喊："你进来，帮我搓搓背！"

　　慕先生呼唤的是自己的妻子，现在他总喜欢称她为老伴。慕先生提起这个称呼的时候不无调侃的意味。但是确实应该是老伴了，就在明天，他将去领取一笔价值不菲的养老金，从一年以前退休开始，他就不必去辛苦地从事那么危险的拳击工作，可以过上舒心的生活了。

　　想起自己的退休生活，慕先生对着镜子短促地笑了几声。他看不到镜子中的自己，但知道自己的脸一定面目可憎。那笑声中包含了很多情感，他自己也分析不出来。但他知道最直接使他发笑的，是他想起了自己的青年时代。

　　在那个本应充满幻想的年代，他心里想的却是安逸的退休生活。那个时候他刚刚踏入拳击界，作为陪练的他，每天都要忍受着一记记重拳，鼻青脸肿是经常的事。他的老师也看不过去了，对他说，你不会躲躲吗？年轻的慕先生只好如实说，他也想躲开，但每次都迟那么一秒钟。老师叹了口气。他从老师的叹气中，知道自己并不是学拳击的料。尽管他有强健的体魄和超人的抗击打能力，但他的敏捷度实在太差。他知道老师一直没对他说的那句话：你不会成为一个优秀的拳击手。

　　老师其实并没有说过这句话。但年轻敏感的慕先生能够感觉得到。他从训练场出来，脸上还有被那记重拳击中后的微微痛感。他闷着头往前走，

第二辑　荒原

谁也不看。那几天天气一直闷热。慕先生走着走着就浑身冒汗。他把衬衣脱下，搭在肩膀上，露出了他如同石头般的肌肉。每个过路的人都会往这身肌肉上看几眼。尽管他们行色匆匆，似乎从不会对任何事物表示惊奇，但慕先生可以从他们的眼神中看到自己想看到的东西。有些姑娘还会为此驻足观赏。每当这个时候，慕先生既感到害羞，又会获得一种满足感。

慕先生就这样走在街上，一点点恢复了自信。他想自己还很年轻，其他同龄人此时还在对着课本昏昏欲睡呢，可他厌恶那种生活。他天生就喜欢硬与硬的对抗，这种运动使他感觉自己像石头般强壮。

他坚持下来了，刻苦训练着自己的灵敏度，但挨打仍然是常有的事。每当浑身酸痛、一动也不想动的时候，他就会想象一下自己退休的岁月，尽管那时"退休"这个词离他像火星那么遥远。他想着自己躺在舒适的席梦思床上，看着电视，或者出去遛遛狗，散散步……这样遥远的日子成了他的一个安慰。

可是谁能想到呢，退休的日子这么快就到了眼前。那中间的岁月：关于他如何正式成了一个业余拳击手，关于他赢得的第一场比赛，关于他听到的第一次欢呼，关于他怎样一步步站在了专业拳击手的领奖台，关于他如何被那个强大的对手击倒，关于台下的一个女孩如何为他整日担心，关于他的第一次爱情……一切似乎都被时光抽走了，成为一段真空。他现在有一种荒谬的感觉：似乎自己刚刚还是那个幻想着退休的青年，一转眼就成了一个拿退休金的老头子了。

老伴的手已经远不如年轻时候的细腻，但仍然很柔软。慕先生感到那一双柔软的手在自己的后背使劲揉搓。被揉搓过的地方微微感到发热，从那里产生的热量像信号那样传入他的心里。在某一个固定的时间，他感到异常的舒适，时间仿佛停止了，所有在空气中悬挂的水珠都清晰可见，所有在镜子上、墙上的水珠都微微颤抖，似乎将要滑落。老伴的搓澡对慕先生来说一直是一大乐趣。

可是今天慕先生却在舒适过后突然感到一丝烦躁。开始的时候他并没有觉察到，烦躁只是像一根针刺痛了他，当他低头寻找的时候，却找不出刺痛的位置。后来烦躁的感觉渐渐扩大，像是一张无形的网，慢慢地套住他，然后突然勒紧。慕先生简直要窒息了。老伴的双手仍然在不疾不徐地上下揉搓着。正是那种几乎是静止的时间，令慕先生感到恐惧。他想起以前自己在拳击场的时候，每一分每一秒的时间都是那样的宝贵，几乎每一秒都有可能决定战斗的成败。而现在，时间在流逝，却是以貌似静止的形态。慕先生感觉自己在迅速地衰老下去——仅仅是退休了一年，他有时觉得自己真的不行了似的。

他突然转过身，抓住了老伴的手——一双粗糙的手，尽管被水浸泡过。慕先生看到老伴眼中惊恐的神色，从老伴的眼中也看到了自己那张莫名其妙的怒气冲冲的脸。他放开她的手，湿淋淋地从浴缸里站起来，裹上浴巾出去了。一路上他都滴着水，但他不去理会。水渍在一丝不苟的地毯上格外醒目。

老伴跟出来，没有说话。她看着自己的丈夫坐在沙发上，仰着脸面对天花板，闭着眼睛。

慕先生睁开眼睛，发现老伴坐在自己的对面，手里拿着一串珠子。珠子在她的手里不停地缓慢转动。她眯着眼，嘴里念念有词。慕先生不知道她什么时候信上了这个。他盯着她的手，看着一颗颗珠子从老伴的手中滑过。他同时听到钟表滴滴答答的声音，还有自己有节奏的心跳。

慕先生觉得他看到的这一切共同组成了一个敌人。那个敌人就站在他的对面，令他感到恐惧。在他的人生中，有无数对手站在他的对面，他们或许败在他的拳下，或者将自己打败，这对慕先生来说都无所谓。他们不管是否比自己强大，从未让他害怕过。他的人生就是在面对一个个对手的过程中度过的。

而今天的对手令他恐惧。因为那不是某个人，甚至不是某个具体的东西。它是一个怪物，体型巨大，巨大到没有边界。它充满了整个房间，挤压着他。但它从不出击，慕先生也攻击不到它。双方就这样对峙着。这对峙的过程令慕先生感到害怕。

慕先生从沙发上站起来，看到地毯上的水迹早就已经消失了。他来到健身房。健身房本来是一间储藏室，但买房子的时候慕先生坚持把它改成了健身房。老伴并没有提出异议，她本身就是一个不爱多说话的人。在慕先生为自己的健身房购置健身器材的时候，她只是为自己买了一串佛珠，从此再不离身。

他来到健身房。在健身房的中央，挂着一个沙袋。他把拳击手套从墙上摘下来，戴在自己手上。

他把沙袋打得咚咚作响，沉重的沙袋左右剧烈地摇晃。在这个过程中他大汗淋漓，却感到异常的舒适。打累了，他就休息一会儿，怒视着沙袋，就像以前怒视着真实的对手。最后他实在筋疲力尽了，就重新把手套挂在墙上，自己走了出去。

健身房外，老伴依旧默念着莫名的词语，钟表的声音又传到他耳中。他来到浴室，看到浴缸里的水还没有倒掉，便拔出了浴缸的塞子。他看到，浴缸里的水立刻形成了一个巨大的漩涡，咕隆隆地倾倒进了下水道。

他感觉自己的一部分也顺着水流走了。这一年每天他都上街，去菜市场买菜，看到人们在讨价还价，听到小贩们此起彼伏的吆喝声。他拿起一根葱，感觉那像是某种枯萎的植物。对于这一切他都厌倦透了，可是他总不能成天待在家里发呆吧？他也觉得这些年来为了事业太忽略了家庭，他没有子女，只有一个妻子，而且这个妻子已经成了他的老伴。他不可能看着老伴还像以前那样出门买菜，天天忙活着家里的事。于是他主动承担起了买菜的任务，可是他很快就对这项工作厌烦了，他觉得自己似乎正一点一点埋葬在这些鸡零狗碎之中。每当这个时候，他就会看看天空，想想年轻时的自己。

那个时候他立志成为全世界最强的人，所有的一切，都是为着这个目标而奋进。尽管他知道自己永远不会成为最强的人（有时他也觉得这个目标是可笑的），但是一想到自己的这个目标，就会浑身充满力量，仿佛自己的血液也沸腾了起来。后来他步入中年，拳击这种剧烈的对抗运动已经不适合他。他成为一个拳击教练，虽然自己不能站到台上，但看到自己的学生，他知道自己并没有置身事外，他依然是拳击场上的一员。

退休后，他尽量不再想任何有关拳击的事。当老伴看电视，播到拳击比赛的时候，他都会大声让老伴拨过去。因为他不喜欢置身事外的感觉，他从来没有置身事外的心理准备。

那感觉正在逐渐掏空他，他需要有什么东西填满被掏空的地方。起先他会像一个真正的老年人那样，种种花草，他尽量让自己爱上这些看上去没有生命的生命体。但是他发现这是徒劳的，花草无法勾起他的兴趣。很快，那些花草就枯萎了，最后阳台上只剩下一个个空空的花盆。前几天老伴把它们送给了邻居。

慕先生现在很怕待在家里。在以前，他觉得家是一个温暖的存在，回到家里，就会感到身心舒畅，即使不说话，也可以感受到家的温情。那个时候他回家的次数很少，在外面比赛时，一想到自己还有一个温暖的家，还有一个等待自己回家的妻子，就会有使不完的劲。

可现在呢？家里似乎只存在着钟表滴答的响声和老伴的呢喃，以前感受到的温情一点也不存在了。现在的家就像是一个冰窟窿，让慕先生常常感到寒冷。那种寒冷是从内心散发出来的。

难道这才是自己家的本来面目吗？慕先生悲哀地想，怎么会这个样子呢？他每次回家都怀疑是不是走错了家门。会不会是因为以前自己回家次数很少，所以被一些表面的东西所蒙蔽了呢？现在他无所事事，天天待在家里，便感受到了这种生活的实质，并没有他想象的美好。他看着吃斋念佛的妻子，妻子的眼神似乎也在告诉他，这里本来就是这个样子呀，没有什么变化，真正改变的，是你自己。

这些念头慕先生想想就会觉得很累，索性就不怎么回家了。在外面，慕先生有时会和邻居老头下下棋。直到有一次，他连着五盘都输给了邻居，因此受到了邻居的嘲笑。慕先生站起来，对着邻居挥了挥拳头，表示自己的愤怒。他没有想到，邻居被他的这个动作吓坏了，连忙收好棋子，逃之夭夭。看着邻居惊恐的背影，有那么一瞬间，慕先生似乎重新唤回了自己的青春。可是过了几分钟以后，他的兴奋便被一种耻辱感所代替，他到一家小餐馆喝了些酒。从此以后邻居再也没有和他在一起下过棋。后来他就养成了自己遛大街的习惯。

慕先生看着浴缸里的水流净，转身回到客厅。老伴念完经，站起身去卧室。她的身影被灯光反射在墙面上，显得异常庞大。慕先生知道，老伴是去卧室检查自己的衣服，有没有其他女人的气息或线索。他第一次发现老伴偷偷摸摸翻自己衣服是在自己习惯遛大街以后。他知道，老伴是担心自己在外面有了别的女人。老伴的行为让他感到可笑，同时又感到深深的恐惧。他并没有揭穿她的心思，相反，他想要保持现状。他只是在夜里，不停地思考着自己的生活为什么变得如此糟糕。

慕先生从银行出来的时候第一眼看到的就是湛蓝的天空。银行里沉闷滞涩的空气令他忍受不了，昏昏入睡，直到叫到他手上的号码，他才清醒过来。今天是发退休金的日子，几乎全城的老年人都过来领取他们的生活保障。他们中的大多数人，是用自己的一生来换取了这每月一份的生活保证。混迹在这些人中，慕先生还很年轻，这毕竟是他退休的第一年。可是不知是因为银行中不流通的空气或是别的什么原因，他觉得自己似乎和他们一样苍老。他看到白发苍苍、肌肉松弛的老者，似乎也看到了自己，和他们是一样的模样。慕先生想起了昨天晚上洗澡时看到的自己的手臂，想起了毫无生气的苍白皮肤。慕先生站起身，大脑昏昏沉沉，似乎有什么东西在他的脑袋中不住地颤抖。他绕过行动缓慢的等待领取养老金的长队，来到银行的大镜子前。一旁的警察往他这里冷漠地看了一眼。

镜子中自己和昨天看到的没有什么两样，这让慕先生松了一口气。他和这些老年人待在一起已经好几个小时了，他以为自己也变得和他们一样苍老了，可镜子中的自己依旧显得精神焕发。现在是夏天，薄薄的衣服下凸显着他与众不同的强壮肌肉，尽管这肌肉也有了松弛的迹象，但它仍然是青春的象征，足以把他和那些排队的老年人区别开来。他对镜子中的自己笑了笑，便重新回到队伍中。

他将养老金都放进了一个小皮包内。今天早晨，他特意打扮了一下自己。将头发梳理得整整齐齐，还刮了胡子，仿佛是要去参加什么会议。他也不知道自己为什么要这么做。他想，可能是他过分重视这一天了，甚至将它赋予了某种仪式的意味。

银行离他家很近，只有几百米的路程。他没有开车，而是步行去银行。几百米的路，他却因为思考而无限延伸了。他似乎看到几个孩子从他身边跑过，但一眨眼的工夫就不见了。慕先生怀疑自己是不是出现了幻觉。这一天阳光明媚，却不是很热。早晨干净的小风吹拂到他脸上，让他感到舒适，暂时忘掉了一些不愉快的事。

　　现在，他夹着装满了钱的皮包，走在回家的路上。此时他的心里平静得如同一个倒满水的杯子。平静而富足。他想到这是他应得的东西，他奋斗了大半生，才换来了今天无忧无虑的生活。他仿佛看见了一个喜欢遛大街的年轻而强壮的小伙，在向他挥手告别。那个小伙就是他以前的自己，现在他正与以前的自己告别。那个以前的自己为现在的自己争取来了今天的一切，做完这一切后，以前的自己就要和他说再见了。

　　慕先生精神恍惚，以至于没有听见背后传来的发动机的声音。一辆摩托车和他擦肩而过，摩托车上的人突然伸出一只手将慕先生腋下的皮包猛地抽走。慕先生刚刚还沉浸在自己的思绪中，待他反应过来，摩托车扒手早已扬长而去。

　　他早就听说过有一些扒手专门等着发养老金的这一天去抢老年人的钱，没想到这一次让自己赶上了。愤怒很快充满了慕先生的胸腔。他大步去追，想着如何追到后把那个可恶的扒手狠狠揍一顿。可是还没有跑出去几步，慕先生的左肋就开始隐隐作痛，那疼痛让他连呼吸都有些吃力。他猛然想到，疼痛的地方曾经受过对手的重伤，为此他做过两次手术，已经有许多年没有复发了，他已经忘记了那里的伤口。慕先生停下来，脸庞通红，大口喘气。他没想到旧伤成为自己和曾经岁月的唯一联系。那个年轻人走了，带走了青春，但没有带走伤痛。

　　慕先生踌躇着回家，不知道该怎么和妻子说这件丢人的事情。沮丧和羞愧就像两块看不见的牌子挂在他的胸前，摇摇晃晃，让他的脖子不堪重负。阳光依旧清澈，甚至照亮了这个城市最幽暗的街道。慕先生走在回家的路上，脑子里咒骂着那个可恶的扒手。当他路过几个在路边踢足球的孩子时，远处的楼顶有人在开窗户，玻璃的反光晃得慕先生睁不开眼睛。他脑子里的那个扒手就这样在阳光中消失了，浮现出来的是一个看不清脸庞的人。慕先生知道那就是一直像鬼魂一样围绕着自己的最后的对手。它就隐藏在老伴的呢喃中，隐藏在钟表的嗒嗒声中。慕先生在强烈的阳光下感到头晕目眩，他仿佛看到自己又重新戴上了拳击手套，却一拳打在了如棉花般的黑暗中。

回到家里，慕先生试着喊了几声老伴的名字。没有人回答。慕先生走过去，发现老伴像是一只爬行动物那样趴在客厅的地毯上，戴着老花镜，在摸索着什么。慕先生来到她身边的时候，她正在专心致志地往沙发下的缝隙里看。

"你在干什么？"慕先生弯下腰问。

"哦，你来了。"老伴此时跪在地毯上，"我的佛珠线突然断了，珠子滚得到处都是，你快点儿帮我找找。"

就这样，慕先生也跪在地毯上，仔细搜索着珠子的下落。他看到老伴粗糙的手掌在地毯上颤颤巍巍。他想，这分明是一双老人的手啊！

老伴从沙发下捡起一颗珠子，笑着说："我可找到你了。"这时慕先生内心感到了不可抑制的情感，他一把握住了老伴的手。老伴慌了一下，下意识地想要挣脱开，就像是慕先生第一次握住她的手一样。可慕先生握得很紧，根本挣脱不开。

"你……"老伴看着他。

慕先生摩挲着这双曾经柔滑而现在粗糙的手。在这个过程中，慕先生仿佛看到星星点点的光亮在周围缓缓落下，它们落到地毯的缝隙中，落在钟表的滴答声中，落到老伴的声音里。慕先生站起身，看到那个少年正站在对面，朝自己挥了挥拳头。他的思绪飘到很远的一个午后，那是他第一次与老伴相见的那个午后。那天他伤痕累累从训练场出来，心中充满绝望。在一条死胡同内他发现两个男子光天化日下在打劫一个年轻的女子。年轻的慕先生二话不说，就打跑了那两个持刀的劫匪。

女子既感激又显得慌乱。

"谢谢你，先生。"女子说。

慕先生从来都缺乏与女孩子打交道的经验。他不知道该说什么，只对着女子笑了笑，就扭头走了。他知道老伴那天一定看到了自己光辉的背影。

"请等等，先生！"

荒原

黑云堆积在城市的上空，像是坚硬的铅块。风从星罗棋布的街道吹来，越吹越大，最后刮得逆风的人们只好弓起身子，像一只只大虾那样缓慢地移动。而顺风的人像一颗颗鼓胀的气球一样，速度比平常快了好几倍。

灰先生就是这个时候走下公交车的。站在车站上，风中的土腥味传到他的鼻子里。这个城市就是这样，一刮风就会刮起来很多尘土。平常它们都隐藏在看不见的角落里，一旦风来了，它们就会起来一显身手，遮天蔽日。

从现在的样子来看，可能要下雨。灰先生记得天气预报里没有说今天有雨，所以他没有带任何雨具。他看了看灰蒙蒙的城市上空，就低下头来，尽量快地赶路，否则雨来了，他就只能淋着雨回家了。

这是他每天上下班的必经之路，每天都这样走，十年了几乎没有变过。他认为自己闭着眼睛也可以走下来。只是沿途的一些店铺会有这样或那样的变化，餐馆被另一家餐馆取代，音像店变成了蛋糕房，超市变成了服装店，这种事还是会经常发生的。但这些事物都不会触及灰先生生活的实质，也可以说，它们只是停留在表面而已。

买东西，附近有好几个商场可以选择。买菜有农贸市场，也有街头的小贩。灰先生轻车熟路，并学会了一套可以快速适应变化的能力，比如以前吃了好几年的臭豆腐摊突然消失了，灰先生虽然很怀念那里的臭豆腐，但很快就把兴趣转移到了新开的一家新疆烤串。臭豆腐也好，新疆烤串也好，灰先生并不会过分在意。

灰先生走过泛着一层薄薄沙土的街道上，眯着眼睛，谨慎地不让沙粒进入自己的眼睛。几个孩子在街道上相互追逐，跑得大汗淋漓。他们是街道两旁个体户家的孩子。灰先生认识他们，因为他每天都会经过这里，都会看见他们在街道上玩耍。

灰先生尽量不靠着楼房走，哪怕是炎炎烈日，他也宁愿走在烈日下。

楼房底下太不安全了，经常会有各种莫名其妙的东西掉下来，脏水和痰倒还可以忍受，但如果是花盆呢？如果是一些坚硬的东西呢？那么就有些不值得了。他曾经经历过一次危险，不知从哪层掉落的花盆就迸碎在他的脚边。灰先生的心脏都快要跳出来了。他憎恨地抬起头，却只看到了令人眩晕的窗子，每一户都那么相像，你根本分辨不出花盆是从哪家的阳台上掉下来的。

　　回家的过程很顺利，但就在快到家门口的时候却出了一些小状况。一个脏兮兮的孩子突然抱住了灰先生的大腿。被抱住以后，灰先生根本一步也走不了了。

　　"先生，给点钱吧！"孩子死死地抱住灰先生的大腿，并且越抱越紧。

　　灰先生挣脱了几下，没有挣脱开。他叹了一口气，摸自己的裤兜。他摸出了一张十块钱。这是他身上唯一的一张零钱。正当灰先生考虑要不要给他的时候，那个孩子却一把抢了过去，然后掉头就跑。

　　灰先生愣愣地看着孩子远去的背影，觉得十块钱是不是有点太多了。平日里遇到这种要饭的一般最多只给一两块钱，更多的时候是一分钱也不给。他觉得这几年他所在的城市发展很快，但与此同时，叫花子却越来越多了，而且很多都是身体健壮的小伙子，在路旁给人磕头。这么年轻就想不劳而获？灰先生遇到这种要饭的是不会给钱的。还有一种他也不会给，那就是抱小孩的。他从电视里知道，很多小孩都是被拐卖来的，给他们钱就是助长那些人贩子的罪行。

　　心疼了一会儿钱，灰先生就走进了幽暗的楼道。楼道的栏杆上全是灰尘，每走一步，都会惊动地上的尘土。它们恣意地在空气中飘荡，像是一颗颗不安分的粒子。灰先生的家在六层，没有电梯，他尽量不发出大的响动，他不愿意惊扰其他人。楼道里密闭狭隘的空间像是一个大扩音器，稍微发出一点响动就会被放大好几倍，这里的每个住户都听得清清楚楚。

　　灰先生的门一共锁了三道，所以他打开防盗门的时候发出了"喀喀喀"的三声。进屋以后灰先生下意识地往里屋看了看。窗帘挂在那里，似乎有风把它吹得微微动弹。每次进门，一个念头就会不由自主地冒出来：屋子里会不会有人呢？作为一个老牌的单身汉，发生这种情况只有三种可能。他的钥匙前妻和老父亲都有，他们可以毫不费力地打开防盗门，然后故意再锁上，准备等他回来的时候吓他一跳。还有一种可能是小偷。听老孙头讲，前几天就有几个小偷潜进了一处住宅，正好赶上主人回家。房主人也是一个单身汉，但是年龄要比灰先生大很多。小偷们几乎没有犹豫，就把刀子捅进了老单身汉的肚子里。

家里没有任何变化。灰先生放松了下来。没有小偷，也没有父亲和前妻。他看着客厅的沙发，想起就在前几天，老父亲来时的情景。

父亲坐在沙发上，跷着二郎腿，抽着烟。熊猫牌，灰先生都舍不得抽这样的好烟。老人家是越活越想得开了，这几年生活越来越腐败。自从灰先生的老母亲死后，父亲似乎参透了人生的真谛就是享乐，再也不抠抠搜搜地过日子了。

父亲每次来都是以找灰先生聊天为借口。他每次都不满地说，你可好久没有去我那里了，你妈死后就我一个人，你还不经常过来跟我唠唠。事实是，灰先生两天前才刚去过父亲家，因为买的鲫鱼不新鲜还被训了一顿。

灰先生隐隐觉得，这只是父亲的借口。可是父亲的真实目的是什么，他也参悟不透。反正每次必须好烟好茶地伺候着，稍有不慎就会挨一顿批。父亲一边喝茶一边和他天南海北地聊。那谁谁谁你还认识吧，还有老谁那小谁。父亲问的人灰先生基本上不认识，但他只是点头，没有表示任何疑问。他觉得在参透父亲的目的之前，所有的疑问都是无意义的。

每次，父亲最后都会长舒一口气，站起来说，时间不早了，我该走了，就不打扰你了。他红光满面，仿佛进入了人生的第二春。看着父亲伟岸的背影（父亲比他要高出一头），灰先生觉得他真是进入了某种境界了。

前妻的到来往往会吓他一跳。她基本上不会事先通知灰先生，而是想来就来，没有任何规律可言，并且她似乎故意不跟灰先生打照面。灰先生下班回家后，往往会发现家里的一些东西被人动过了，本来整齐的家被人弄得凌乱了许多。唯一分辨是小偷还是前妻的方法是，如果是小偷，一般是从窗子进来，出去也会从窗子出去，所以防盗门还是锁着三层，完好无损。如果是前妻，她有这个家的钥匙，就没必要钻窗子了。她出去的时候往往会锁两下，这是她永远改变不了的习惯。在他们还住在一起的时候，灰先生就发现了这个习惯，这么多年过去了，什么都改变了，就是这个习惯没有变。

当然，前妻也有失误的时候。有一次他回到家，发现前妻躺在卧室的床上睡大觉。她醒后不好意思地说，抱歉啊，我太累了，不小心就睡着了。

还有一次使她更加窘迫。他回来的时候发现她正躲在厨房里吃他昨晚买的杧果，弄得满手满嘴都是。那天她真的是羞愧极了，导致有好几个月都没好意思再到他家来。

而今天家里谁也没有来。灰先生舒服地半躺在沙发上。屋子里非常暗，像是夜幕降临。他走到窗台上，发现天空的乌云越积越多了，像是千层饼一样翻滚着。云层很低，压迫着这个城市。要下雨了。站在天线上的麻雀愣头愣脑的，显得有些慌乱，随时准备飞走。

灰先生坐在沙发里，让自己慢慢沉浸在黑暗之中。这段时间是极其无聊的。灰先生仿佛是下定了决心似的，突然站起来。随着这个动作，屋子里似乎也为之一亮。他走到里屋，站在一个抽屉前。抽屉是锁着的，灰先生从裤兜里掏出钥匙包，里面挂着十多把钥匙。灰先生有时都想不起来它们是用来干什么的。是否真的有那么多锁等着他去开启？灰先生表示怀疑。

其中有一把锁是最小的，只有一节手指头大小，闪烁着被严重磨损后的黄铜色。他借着屋内微弱的光，仔细看着那把钥匙，仿佛在艰难地辨认着什么。最后他点点头，把钥匙插入了最低下的那层抽屉的锁眼里。

抽屉被打开了，里面只有一个黑封面的本子。灰先生把本子拿在手里，慢慢地从第一页往后翻。这是他为自己制定的时间表，里面规划好了他每天的生活。这个习惯是从二十年前开始的，那个时候他踌躇满志，认为每一天都存在着意义。他把自己的理想分摊在每天的规划中，计划着十几年后他将如何达成自己的目标，成为一个成功者。后来他发现，这个计划是荒谬的。他无法战胜每一天都接踵而至的诱惑与惰性。从第一天开始，他的规划就被停滞了，但他保留了这个习惯，就像是写日记一样，在文字中规划着自己理想的人生。

他看着前一天自己为自己制定的时间表，下意识地计算着在这一天里究竟浪费了多少宝贵的时间。最后他重重地合上本子，把它小心翼翼地重新放回最底端的抽屉里，锁好。他在床头坐了一会儿，听着钟表滴滴答答的声音。整个房间异常静谧，应该说，整个世界也异常静谧。人们都屏住呼吸，等待着一场特大的降雨。云层越压越矮，几乎就要碰到一些建筑上的避雷针了。铅块状的云朵相互摩擦，断断续续地发出沉闷的声响，像是什么动物的低吼。

他从床头站起来，走到卫生间。卫生间里有一面大镜子，他一走进去就看见了镜子中的自己。头发已经白了快一半了，但梳理得整整齐齐。脸上是疲惫的神情，这使他有些惊讶：他认为此时的自己正精神饱满。小肚腩微微隆起，但也不至于太明显，这与他早年间的锻炼不无关系。镜子里映出的自己仅到这里，他看不到自己新买的笔挺的西裤，不禁有些遗憾。卫生间里的镜子太小了，他一直想换一个大一点的。这样一来，就要改变整个一面墙的布局，所以他迟迟没有下定决心。

接着他弯下腰，朝水池下看去。在那里，有一只不知道什么时候来此定居的蜘蛛。那是一只硕大的黑色蜘蛛，毛茸茸的。灰先生第一次看到它的时候也有些害怕，他从小就害怕蜘蛛。但黑蜘蛛只是依靠水池下的墙角和潮湿的环境安安静静地织网，等待猎物。自从有了它以后，家里经常出现的飞蛾与蚊子明显减少，灰先生也就打消了摧毁它的念头。他几乎每天都会去看看它，像是去看望一位老朋友。他蹲在那里，像网上的蜘蛛一样一动不动。灰先生简直对它有些着迷，他想自己应该投生为一只蜘蛛，只在猎物到来的时候出手一击。他给蜘蛛取的名字是"哲学家"。这与楼下的大爷大妈们给自己的宠物狗起名为"贝贝"或"球球"并没有什么本质上的不同。

作为一个单身中年男子，灰先生已经形成了波澜不惊的生活方式。他像蜘蛛一样把自己的家用网团团包裹。但这并不是为了获取猎物，而是用来使自己安心。他每天并没有什么娱乐方式，一般只是静静地看书或者陷入冥想的境界中。可这个情况在三个月前改变了。在他对面的楼上，出现了一位年轻的女子。每天清晨六七点钟的时候她就会来到阳台，眺望远方。借这个机会，灰先生会静静地观察这名女子。有时他抽着烟，任由暗蓝色的烟雾在头顶缭绕。他幻想了女子的无数种身份和名字，甚至杜撰她的性格与爱好。

他来到阳台上，发现女子正在忙着往家里收衣服。要下雨了。她没有丈夫吗？或者说她根本没有结婚，而且也没有同居的男友。她在收衣服。快要下雨了。

天空中响起了轰隆隆的声音，像是一列漫长的火车在缓缓经过。

长时间的思考令灰先生有些饥饿。这些饥饿起初像是细小的蚂蚁慢慢爬过，不会引起多大的注意。但是它就像有生命一样在不断蔓延。灰先生渐渐觉得自己被什么东西挖空了，这种被挖空的感觉并没有使自己变得轻盈，反而使身体更加笨重。平日里，灰先生像是清教徒一般严格控制着自己的饮食。晚饭一般只吃七成饱，或者干脆只吃水果。轻微的饥饿使他感到心安。而他的父亲每次都反对他这种做法，只要父子俩在一起吃饭，他的父亲总会抱怨灰先生吃得太少。"多吃一点肉！"父亲严厉地对他说。而老爷子自己是一个很好的表率。他的胃口在这几年大开，像是一头刚刚苏醒的野兽，每次吃饭总是风卷残云。灰先生则劝他要少吃一些。"适量的饮食对老年人的身体有好处。"灰先生对自己的父亲说。老爷子抬起头，眼睛中闪现出惊讶与嘲弄。"生活无非就是在有肉的时候多吃肉，"然后他不耐烦地敲着碗边，大声说，"你也要多吃一点啦！"

　　饥饿此时牢牢地捉住了灰先生疲劳的身躯，仿佛它变成了一种可以看得到摸得着的东西。这种感觉在以前曾经出现过许多次。不吃东西的话就会大汗淋漓，衣服都被虚弱的汗水浸透了。医生说这是急性低血糖，犯病的时候会突然感到难耐的饥饿，而事先并没有什么征兆。多吃一点就好了。医生最后说。

　　灰先生跌跌撞撞地来到冰箱前，撞翻了一把折叠椅，但没有顾得上扶起。他打开冰箱，一股冰凉的空气立刻拂过脸庞。冰箱里空空如也。只有几根不知何时放进去的黄瓜。灰先生急忙把黄瓜一扫而光。他仿佛看到了父亲嘲笑的脸。他屈辱地把黄瓜吃得一点不剩。

　　灰先生回到沙发上，途中扶起了被碰倒的椅子。他长出了一口气，胃里全是黄瓜的味道。他感觉好多了，毕竟胃里有了一点东西。他细细回忆，这几天他都忙得没有吃过一次正经饭了。饥饿时常光顾，但挺一挺就过去了，没想到今天来了一次全面的爆发。

　　灰先生听到了一种清脆的声音。雨点打在了自家的遮阳板上，淅淅沥沥像是无数小爪子挠着你的心。闪电瞬间将幽暗的房间照亮，又瞬间沉寂。一阵雷声滚滚而来，仿佛就在头上炸响。雨声越来越大，啪啪地击打着城市的沥青马路。外面的行人呼啦一下乱作一团，雨伞像是一朵朵单调的花朵盛开出来。灰先生转过头来，透过玻璃窗看着外面呼啸的大雨。不知道过了多久，雨势丝毫没有减弱的趋势。天空像泼墨似的黑了下来。

　　在庞大的雨声中，灰先生听到了自己的防盗门被打开的声音。他转过头，看到门口站着一个水汽腾腾的身影。

"对不起，"灰先生的前妻显得很不好意思，"我刚刚路过这里，就突然下雨了，今天忘了带伞……我能借一把伞吗？借完我就走。"

"就在屋里的抽屉里，第一层。"灰先生的声音在雨声中飘忽不定。

前妻拿好雨伞，回到客厅。走之前，她像是突然想到了什么，回头看着灰先生。他一动不动地坐在沙发上，凝望着外面的大雨。她踌躇了一下，说："你……你吃过了吗？"

窗外的闪电像是接连不断按下的快门。灰先生看着一批批雨水从眼前跌落。"我吃过了，"他头也不回地说。"现在一点儿也不饿。"

前妻咬了一下嘴唇，走出去了。灰先生侧耳倾听。喀、喀，两声。灰先生舒展了一下四肢，莫名地笑了起来。

蓝色老虎

我到的时候，雷刚和六七个猎人正在森林的入口处抽烟、交谈。见我来了，他们停下来，一齐看向我，让我觉得有些不自在。雷刚熄灭了烟，皱皱眉头，首先表达出了他的不满情绪，他对我说："怎么来得这么晚？我们都等你两个小时了。"

作为我的哥哥，他总是喜欢在别人面前抱怨我，甚至是羞辱我，仿佛这是一件让他感到荣耀的事。当然，他也有着足够的理由来羞辱我。对他这个不争气的弟弟，他总是一副恨铁不成钢的急躁样子。

可是今天，他没有再多说，把烟熄灭后，他就和那几个猎人一起进入森林。他们沉默不语地走着。我跟在他们身后，看着他们晃动的后背，感觉像是一座座小山一样。家族的男人似乎从生下来就是强壮的。他们进入阴森恐怖的森林，袒露着呈石块状的完美的肌肉，上面涂抹着一些用于伪装的棕、绿相间的染料。他们身后背着双筒猎枪，走起来一晃一晃的，发出皮革与金属相触的沉闷的响声。腰间则佩戴着异常锋利的砍刀，刀片薄而冷，可以毫不费力地深入到猎物的肌体内部。

我和他们一样，背着猎枪，佩戴着砍刀，涂抹着染料。我们一行人排成一排，闷声闷气地向前走，越是往里走脚步就越轻。家族的男人都接受过专门的训练，脚步轻微得甚至连一只鸟都不会惊动。这也是没有办法的事情，因为我们的对手实在太过狡猾。

哥哥就走在我的前面，他平时喜欢披散着脏兮兮的头发，而今天则把头发用绳子束起，为的是不影响下面的战斗。他要比我高一头，强壮至少一倍。我走在他的后面，他的影子可以轻而易举地把我覆盖。我为此感到羞耻，我是家族的男人中最弱小的一个。他们总是嘲笑我说："雷米简直像个女孩！""不，雷家的女人也比你要强壮。哈哈哈！"对于这些话我已经麻木了，更何况事实的确如此。父亲从来不爱搭理我，母亲则会不时地抹抹眼泪，说："如果不是发生了那件事，小米也不会变成这样。"

如果不是发生了那件事——对此我感到很荒谬，却无法辩解，因为所有人都这么说。雷家的族长，那个不知道年龄的老头，不止一次对别人说："正是那件事，毁掉了雷米。"

我已经不愿意再回忆了。我们正走在越来越暗的森林中。森林中千年古树的巨大树冠遮蔽了大部分的阳光，它们把光芒切割成了一小块一小块的光斑，投射在我们头顶。不时有蛇、野猪等动物隐蔽在幽暗的树林中，窥探着我们。我们虽然看不到，但能感觉到。我们的耳朵也是经过特殊训练的，可以听到动物最细微的响动，判断出它们移动的轨迹和体积的大小。

雷刚等人的脚步今天并不稳健，尽管他们努力使自己放松下来，可还是不断出现纰漏。他们深一脚浅一脚地走着，其中一人还差点被藤蔓绊倒。如果人们看到这群家族中最优秀的男人现在这个样子，一定会惊讶得合不拢嘴吧。

我知道，这是由于巨大的兴奋感和他们所能获得的荣誉。这是很奇怪的一件事，这群最优秀的猎手，无论在多么艰险的条件下都能沉着应对，甚至有人在临死的前一秒也不会闪现出一丝由害怕引起的慌乱。但在荣誉面前，却变得哆哆嗦嗦，莫名其妙起来。

今天将是载入家族史册的一天。数代人的斗争没有白费，人们翘首以盼胜利的到来。作为这次意义非凡的行动的领头者，雷刚兴奋得微微发抖。这是他无法控制的。尽管对身体机能的控制是他最大的一个长处，为此他从小就开始训练。他可以三天三夜不眨眼，等待着猎物的到来。

虽然我很厌恶他，但不可否认，他是家族中最优秀的战士。

雷刚做了一个手势，让我们停下来。林中突然变得很安静。每个人的耳朵都竖了起来，捕捉着一丝一毫的动静。雷刚最初停下来的时候，由于惯性，他的身体是屈着的，仿佛准备随时加速跑。后来他就慢慢直起腰来，闭上了眼睛。其他人慢慢把猎枪摸出来，把子弹压上了膛。我也把枪牢牢地握在手里，脑子里一片空白。

在我右边的草丛里，一只巨大的蚂蚁正在慌张地赶路，它在一个土块面前停下来，嗅了嗅，又继续赶路。几只白色的蝴蝶飞在阳光中，在空中打了一个转，消失不见了。一切都很静谧，仿佛一瞬间被定格，凝固成了一面光滑的大玻璃。

"吼！"

——宁静被一声怒吼打碎了。一个巨大的黑色影子飞越在我们的头顶，它挡住了太阳的位置，天空立刻就暗了一下。

蓝色老虎！传说中的最后一只蓝色老虎，此刻它像是长了翅膀，悬在半空中，朝着雷刚扑来。由于它遮挡住了太阳，所以显得格外暴戾。

蓝色老虎的吼声是非常有感染力的、低沉、准确，击中你最敏感的神经。它并不刺耳，却足以震撼你的心脏，从你心中滋生出对它的恐惧。那种声音没有人可以用文字表达清楚，但每一个听到过的人都会有这种感受：仿佛莫名地陷入一种孤立无援的境地，由于沉重的孤独感而陷入极端的寒冷中。

那是一种被冻住的感觉。

但猎人们都是从小就经过严格训练的。在那件事发生以前，我和其他男孩子一样，很早就进入系统的锻炼中。我印象最深刻的就是小黑屋。每个男孩子都有一个自己的小黑屋，你要待在里面几个月（时间不定，视每个人的情况而定），不能出来。只有送饭或者换马桶的时候能够看到一丝光明，其余的时间是不分昼夜的。这几个月是非常难熬的，你面对的除了一面虚无就只有你自己。孤独感从第一天就会从你的内心冒出来，最初像是一个朋友，你对他诉说，跟他做游戏，甚至是对他发脾气。最初的时候你和"他"关系好得不得了。到了后来，你会开始恐惧他，因为他在你身边好像永远不会离开。设想一下，如果一个人，不差分毫地待在你身边，监视着你的一举一动，而且熟知你的一切情况，你会不会感到恐惧？

这种情况持续大概一个月后，你就开始憎恨他了，你就要想方设法地杀掉"他"。因为你再也受不了了，你就快要疯掉了。你要紧闭着自己的内心，把他永远关在里面，像对待一个魔鬼一样，永远不要让他出来。

在这期间，有的人精神失常，真的疯掉了。那些人注定被淘汰，失去成为猎手的资格。没有疯掉的人，内心就会变得异常强大——说到这里我非常伤心，因为我的内心也曾经强大过，几个月的黑屋生涯，在我的心里筑起了一面墙，一面非常坚实的墙。待在里面的人从来不会感到害怕，没有东西可以入侵进去。

雷刚绝对是杰出的人才，他的训练成绩是最好的，我作为弟弟应该为此感到自豪。

此刻，凶猛的蓝色老虎就在他的头顶，朝他扑来。蓝色老虎的扑咬是最危险的，凶狠而迅速，简直让你没有喘息的时间。

一切都发生在极短的时间内。雷刚并没有拿出身后的猎枪，这是正确的——时间根本不允许。他抽出砍刀，朝前走了几步，这几步尤为关键——如果是按照刚才的位置，蓝色老虎的爪子会扑到他的头部和双肩，这是雷刚的要害。而他向前那几步是计算好的，他巧妙地进入了蓝色老虎的视觉盲区。而最为重要的一点——也是对蓝色老虎最致命的一点——是他可以轻易地看到蓝色老虎的腹部，那是蓝色老虎身上唯一的一处白色毛发，也是最柔软的地方。

雷刚朝后仰去，他的身子几乎与处在半空的蓝色老虎平行。与此同时，他把砍刀直接插进蓝色老虎柔软的腹部，血一下子喷射出来，一瞬间将砍刀和雷刚的脸刷成了红色。

这个动作是极为冒险的，如果时机和距离把握不对，很可能命丧虎爪之下（运气好点是同归于尽），所以在万不得已的情况下才会如此拼命一搏。而雷刚身经百战，他计算好了蓝色老虎扑过来的运动轨迹，利用它本身的惯性，将它的腹部完全地切割出一道巨大的伤口。血像是雨水一样扑到雷刚身上。蓝色老虎愤怒地嘶吼着。

在这一切都做完以后，他巧妙地在最后一秒从蓝色老虎下面脱身出来。刀还插在蓝色老虎的某个坚硬器官里，它像是一只装满了石头的口袋，沉重地摔在了地上。

从开始到结束，只有大约十秒。我们看得目瞪口呆。雷刚站起身，他的身上湿淋淋的，深红一片。他吐了口痰，把嘴里的血渍吐了出来，然后如释重负地笑了一下。

反应过来的猎人们爆发出一阵欢呼。

最后的一只，最后的一只蓝色老虎，命丧黄泉了！族人们与蓝色老虎持续数代人的战争终于结束！今天将永远载入家族的历史！

猎人们又在要害处补了几刀。我看到这只蓝色老虎临死前翻了一下眼皮，嘴动了动，像是一个人临终前要说什么遗言似的。

它躺在血泊中断气了，全身蓝色的皮肤被血染成了一块块的黑。

猎人们高唱着山歌，一起驮着蓝色老虎庞大的尸体，走出了森林。那里已经有等待他们的人群。

全体族人都沸腾了，把最后一只蓝色老虎的尸体绑在广场中央，点起篝火，开始狂欢起来。狂欢持续了三天三夜。这期间，那几个猎手被族人称为英雄，尤其是雷刚，更是成为万众瞩目的焦点人物。他走到哪里，都会引起一阵欢呼。

"你是我们的英雄！"

窗外全是欢呼的人群。我一个人坐在屋子里，用刚刚打上来的井水洗手。这是我的一个怪癖，不知道为什么，一闲下来，我就要不停地洗手。不洗的话我全身就会不自在。

　　我知道自己有着太多的和人们不一样的地方，这是族人们忍受不了的。我们生来就应该以"集体"为最高的原则，我们的穿着打扮、衣食住行，全都是集体的一部分。这点从我们的先祖时代就开始了。

　　由于年代久远，现在谁也弄不清彻底消灭蓝色老虎的行动究竟是从什么时候、因何而起的了。我们只是从出生开始就被灌输一个任务：彻底消灭蓝色老虎。这个最高指示从我们懂事以来就在我们脑子里深深地扎了根，没有商量的余地。于是，我们耗费了一代又一代的人。这场较量持续了相当长的时间，以至于根本无从统计。可喜的是，自从族人们掌握了火器，胜利的天平就倒向了我们。从我爷爷那辈人开始，蓝色老虎数量锐减，实际上已经苟延残喘了。

　　父亲走了进来，瞥了我一眼，没有说话。他径直走到爷爷的遗像前，上了两炷香，眼圈就湿润了。我很惊讶，因为我从没有见到父亲哭过。

　　"您老没有办法看见这个光荣的时刻了，您知道吗，蓝色老虎终于被彻底消灭了，我们完成了先辈们没有完成的使命，我感到……"说到这里父亲已经泣不成声了，"既荣耀又惭愧，我、我简直无法形容此刻的心情。"

　　父亲哭完，抹了抹眼泪，又恢复成了平常的冷漠的模样。他看也没有看我，就走了出去，参加宴会去了。他和我从没有什么好说的，他从来不承认我是他的儿子，尽管这是不争的事实。他和别人聊天的时候，总是说："雷刚才是我的儿子。雷米这小子，你不要跟我提他！"

　　我坐在床沿上。天色已经很晚了，明亮的星星点缀着天空，点缀着这个盛大的节日。外面是吵闹的人群，雷刚的庆功会会持续好几天。

　　说实在的，我从小就有点不一样。在我很小的时候，我就问父亲："我们为什么要消灭蓝色老虎啊？"父亲显然是被吓到了，张着嘴半天没有说出话来，最后他阴沉着脸，说："等你从小黑屋出来，你就不会这么问了。"

　　后来我才知道，从来没有人会问这个问题，这对最高指示是一种亵渎。

　　于是我再也不敢问了，但这个疑问一直停留在我心中，从小黑屋出来以后也是一样。每当我看到人们因为又猎杀了一只蓝色老虎而兴奋时，我总是觉得很怪异。我们究竟为什么要杀这些蓝色老虎？从我记事以来，蓝色老虎从来没有主动攻击过我们的村庄。可对它们的杀戮一天都没有停息过。

究竟为什么要消灭蓝色老虎？究竟为什么啊？

后来就发生了"那件事"。所以说，是我自己把自己给毁了。

　　我是被一阵铜锣声吵醒的，那是召开全族大会的信号。

　　我忘记了自己是什么时候睡着的。我拉开窗帘，见到报信人拿着铜锣，正在不停地敲击着。族人们纷纷从睡梦中醒来，睡眼蒙眬地穿好衣服，准备去参加全族大会——每一个族人没有特殊情况都要参加。

　　我也穿好衣服，来到街上，朝雷家祠堂走去。

　　"究竟是什么事啊，一大早就把我们叫起来？"有人问。

　　"肯定是好事啊，一定是给雷刚他们表功吧！"有人回答说。

　　"对对，肯定是这件事啦。看来又有酒可以喝了！……"他们突然看到我在旁边，便住了口，快步朝前走去。

　　雷家祠堂是村子里最大的建筑，它其实是一个广场。一般身份的族人开会时就坐在广场上，只有家族中那些地位高的人才有资格在祠堂里面开会。开到最后，族中有什么决策，就会从祠堂里传出来，这样一来全族人都能知道了。有时还会给个别人分配任务，那些人这时才有资格进入祠堂。

　　我找到自己的位置坐下，迷迷糊糊地准备补个觉。这时突然铜锣声响起，传信人洪亮的声音从空气中传来："雷米，速来祠堂！雷米，速来祠堂！"

　　如果不是重复了多遍，我根本不会相信他喊的是我的名字。人们"轰"地议论开来，全都侧过身看向我。

　　我只好站起来，朝祠堂走去。一路上，我看到了众多惊奇的眼睛。其实最惊奇的应该是我自己，之前我只进入过祠堂一次——是"那件事"发生不久后族里对我的审判。

　　实在是不堪回首的经历，但此刻还是控制不住地在我脑中翻腾起来。

　　那件事发生在一个晴朗的中午。那个时候我还是个孩子，我只是有点怪，但并没有成为后来族人们孤立的对象。父亲还没有那么厌恶我（我还没有成为父亲的耻辱），还有人喜欢和我聊天，和我一起玩。

那个晴朗的下午，我一个人进入了森林。我知道森林里的危险，也知道父母是严格禁止我一个人进入森林的。可是他们都忙着各自的事情，雷刚也不在，我一个人在家实在无聊透了，走到了森林的入口，就想进去看一看。

其实森林里并没有什么稀奇的东西。无非是粗壮的树木，低矮的灌木丛，偶尔冒出头来的不知名的小动物，和头顶盘旋着的彩色的鸟儿。

我一边走一边哼着曲子，脑子里想着稀奇古怪的事情。结果没有看清脚下的路，一下子陷进了沼泽里。

沼泽实在是太恐怖了，你陷进去，稍微动一下就会往下沉，仿佛里面有一块巨大的磁石吸附着你。那个时候我没有经验，只觉得快要死了，所以拼命地挣扎、叫喊，结果就是越陷越深。

等沼泽没过我的胸口，我已经无法掌握平衡了，只能听天由命。于是我放弃了抵抗，这样一来反而陷得慢些了。

就在这个时候，一个庞然大物出现在了我的眼前。它全身长着蓝色的毛发，显得非常健壮，还有一条长长的尾巴，在身后不断拍打着。

那是我第一次见到蓝色老虎。在这之前，我只见过它们的尸体。我知道，自己这次死定了，就算是能爬出来，也会被蓝色老虎当成午餐吃掉。

于是我闭上眼睛，等待死亡的降临。突然，一种强大的力量把我向上拽去。我睁开眼，发现蓝色老虎的尾巴把我从胸口处缠了一圈，正在往上拽我。它的尾巴力道很大，几下子就把我拽到了坚实的地面上。

我气喘吁吁，浑身都是烂泥，狼狈之极。我以为蓝色老虎就要来吃我了，可它只是看了我一眼，发出了一声低沉的吼叫（有点像是牛发出的声音），就转身离去了。

所以说，是蓝色老虎救了我一命。

我精神恍惚地回到了家。等父亲回来时，我问他的第一句话就是："我们为什么要消灭蓝色老虎？"——我并不是因为蓝色老虎救了我的命或是怎么，它只是一个导火索，其实这个问题一直埋在我的心中，从来没有消失过，只是那天发生的事情又将它激发了出来。

我想，如果蓝色老虎并不伤害人的话，我们为什么还要消灭它们呢？这样做的意义是什么呢？父亲没有回答我（他也无法回答），他只是阴沉着脸，说："这是集体的意志。"这下我就觉得更奇怪了。究竟是为了消灭蓝色老虎而产生了集体意志（也就是最高指示），还是消灭蓝色老虎只是实现集体意志的一种手段呢？这样的想法使我有点害怕，也有点不知所云。

我觉得翻阅资料是最保险的做法，于是我整天泡在乡村图书馆里，却一无所获。所有的书上只是记载了消灭蓝色老虎的光辉事迹，却从不解释这件事情的根源究竟是什么。我相信所有的事情都有一个源头，都有一个可以解释得通的理由。那个时候，像我这么大的孩子已经要随着猎人出去猎杀蓝色老虎了，而我在没有得到一个合理的解释前，没有心情参加一切活动，包括每日必修的集体操练。我感到自己的身体也在发生变化，变得越来越纤弱，当同龄的孩子长出肌肉时，我的胳膊还像小时候一样细细的，甚至变得更细。父亲解释说："那是脱离了集体所致。脱离了集体就没有了力量，这是异类的下场。"

从那时起，我开始被当成异类，慢慢被全族所疏远。

我曾偷偷潜入过家族的资料室，看到了一些珍贵的文档。我记得一段年代久远的日记里，一位先祖这么写道："……早饭后，随弟入林捕杀蓝色老虎。然虎有何罪焉，亦不知因何而起。"我异常兴奋，因为古人里也有人提出了和我相似的疑问。可惜我用几个月的时间翻遍了这个人保存下来的所有日记，再也找不到类似的疑问了。后来这个人反而成为家族中杰出的猎手。我感到诧异，为什么他没有得到解释，也可以心安理得地去捕杀蓝色老虎？我还注意到，在市面上刊行的此人的日记中，这一段被删去了。

我渐渐觉得，这是一个阴谋，一个持续了数代人的阴谋。

由于我潜入资料室的次数太过频繁，终于有一天被逮了个正着。我被关了起来。与此同时，关于我被蓝色老虎救过一命的传言也不胫而走——看来那天在密林中还隐藏着一双眼睛。

后来我就被叫到了雷家祠堂，那是全族人对我的审判。

族长是一个看不出多大年纪的人，保守估计也百岁有余了。他的脸像是粗糙的树皮，胡须像是白色的藤蔓缠绕在一起。如果不是两颗炯炯发亮的眼睛，简直就像是一株奇怪的植物。

他的声音苍老而悠远，像是经历了无数朝代：

"雷米——"

“雷米——”

就像是几年前一样，我穿过惊讶、窃窃私语的人群，来到了雷家祠堂的大殿之上。上一次，也就是在这里，他们对我进行了判决。由于一些亲戚的求情，对我的责罚并不重。他们只是强迫我必须每次都要出猎，要参与每一次捕杀蓝色老虎的行动，一次也不能缺席。对这样的判决我表示接受，其实我并不是一个意志坚定的人，稍微有一些压迫我就会屈服。这样轻微的判决引起了许多人的不满。“受过敌人恩惠的自己人，往往比敌人更可怕。”那些愤愤不平的人说道。

从那天起，我参与了所有捕杀行动，见到了无数蓝色老虎的死亡。对此我已经麻木了，但我从来没有亲自动手过，我的心里总是有一个坎过不去，在没有找到消灭蓝色老虎的根源之前，我没有力气朝它们开枪。

我相信，只要我找到了问题的答案，我会毫不犹豫地加入到捕猎的队伍中的。每当他们杀死一只蓝色老虎，我都会想：“这是不是救我的那只？”但也只是想想而已，不会在我的心里产生多少触动。

我以为随着最后一只蓝色老虎死在雷刚刀下，这种煎熬的日子终于结束了。可是他们又一次把我叫到了祠堂。这一次比上一次还让我感到忐忑。一阵阴风从祠堂的方向吹过来，带着一种木头腐朽、发潮的难闻气味。

祠堂里坐着一些家族里的重要人物。像几年前一样，族长坐在正前方一个幽暗的角落里，头顶上不知为何打开了一个小小的窗口，外面微弱的光线照射在族长的身上，把他笼罩在了一种蓝幽幽的光芒中。

我注意到雷刚也坐在旁边。他的脸色非常难看，阴沉得就像猪肝的颜色。我不知道发生了什么。

“雷米。”是族长空旷的声音。

我施了一个礼。

“我们叫你进来是要告诉你一件重大的事情，你要听好，不要错过一个字。这件事与你的命运息息相关。”族长的声音从幽暗的角落中传来。

我屏住了呼吸。

族长抬起了一只手，指着在座的一个人，说：“雷恩，你把事情的原委和雷米说说吧。”

雷恩是族里有名的医生，已经六十多岁了，但头发依然黑油油的，显得非常年轻。有人说这是医生研制的养生秘诀，可是被他断然否认了。"我是天生的。"雷恩说。

这时的雷恩站了起来，我发现他像是老了很多岁，举手投足间再也掩盖不了老迈的事实。"我们昨晚解剖了那只蓝色老虎，"雷恩说得很慢，似乎在寻找措辞，"很明显，这是一只雌性的蓝色老虎。经过解剖我们惊奇地发现，这可能并不是最后一只蓝色老虎……"说到这里他偷偷瞥了一眼脸色难看的雷刚，咳嗽了一声，接着说，"因为它在三个月前产下了另外一只。也就是说，这只蓝色老虎产下的虎崽，才是真正的最后一只蓝色老虎……"

"我们之前的情报有误。"族长的话像是一个有点令人沮丧的总结。祠堂里寂静无声。

怪不得雷刚的脸色如此难看。他斩杀的那只蓝色老虎并不是最后一只，人们庆祝得有些早了。这真是一个尴尬的局面。

"所以——"族长故意停顿下来。我看到雷刚的嘴角猛地抽搐了一下。

"所以，我们决定派你去杀死最后一只蓝色老虎。"

我的脑袋"嗡"了一下。

"这是一个光荣的使命，这个决定引起了我们很多勇士的不满。但是这却是你的一个难得的机会，你要好好把握。如果你不能杀死那最后一只蓝色老虎，你也不必回来了。记住，这是你最后的机会。"

雷刚的眼睛像是冒出了火，可是没有人理会他。他恶狠狠地看着我，然后别过头去。我知道，不能由他捕杀最后一只蓝色老虎，将是他人生中最大的一个遗憾。

为什么这个最终使命会落到我的头上，我还是想不明白。

"记住，你现在是一切的终结。这既是我们族人命运的转折，也是你个人命运的转折。这点你要清楚地知道。现在，命运完全掌握在你自己的手里，究竟何去何从，你自己决定。"

族长缥缈而严厉的声音此刻已经笼罩了整个祠堂。

没有人送行。我带好武器和三天的干粮，独自一人进入了森林。我的

109

第二辑 荒原

脑袋昏昏碌碌，既不兴奋也没有恐惧。我惊讶地发现，当命运真的来临时，你是如此渺小，你会被它所裹挟。命运像是一只巨大的手，推着我朝前走去。我的一举一动并不受我个人的支配，它们统统交付给了强有力的命运。

作为一个受命运支配的人，我的内心是平静的。我的能力远远不如哥哥雷刚，在偌大的森林中想要找到蓝色老虎，是非常不容易的一件事，我不知道自己要找到什么时候。就算找到了，我能够杀死它吗？鹿死谁手并不确定……我一边想着这些一边朝前走，仿佛除了思想，其他身体的零件都不再属于我。

天气很好，阳光明媚，气温宜人。我听到洪亮的虫鸣声，和一些小动物爬行的声音。它们的动作都很敏捷，仿佛永远受到惊吓。

风吹过的时候，树木开始发出自己的声音。树林间发出"沙沙"的摩擦声，这些声音慢慢汇聚到一起，变得巨大，像是滔天巨浪。我没有见过海，但是我从贝壳里听到过海的声音。在四面是山的村庄，海永远只是一个传说。

我闭上眼睛，张开双臂，感受着海浪的气息。海浪拍打着岩石，海水四溅，溅到我的脸上。我真的感觉脸上痒痒的。我睁开眼睛，发现是一只小虫子。我继续向前走。

越往前走，森林就变得越暗，植物也越密集。到最后，已经看不清前方的路了。我只能慢慢地走，每走一步都要试探一下，否则很可能会落入大自然的圈套中。

到最后，实际上已经没有路可以走了。四周全是稠密的丛林。我只好用刀劈砍树枝，一边砍一边走，勉强开辟出一条道路。

我的脸已经被坚硬干枯的树枝划破了好几个口子，鲜血流出来。不光是脸，全身都是大大小小的伤痕。我只能护着眼睛，继续在密林中穿行。

这段路是令人绝望的。密密麻麻的树枝密不透风，像是无数触角压迫着你。你不知道会通往何方，也不知道到什么时候才能走出去。

终于，我感觉到前面的光芒越来越强烈了，我加紧了速度。眼前的景色一下子开阔起来——我冲出了密林，来到了一个平原上。

我从来没有走到过这里，这对我来说是一块完全陌生的领域。我全身上下都是伤口，力气也快用完了。我决定原地休息一会儿。

我刚拿出干粮准备填饱肚子，就听到了一声熟悉的低吼从远处传来。

蓝色老虎！我辛辛苦苦寻找的蓝色老虎！它一定就在周围。我的力气一下子都找了回来。我站起身，朝传来声音的方向走去。

四周依旧是山，它们看似离得很近，但走半天也缩短不了它们与你的距离。平原很大，我走了整整一天。夜幕降临了，在夜晚，蓝色老虎的视力要比我好得多，所以我决定先安营扎寨，到第二天再继续寻找。

夜晚，昆虫们开始了肆无忌惮的大合唱。我点燃了一丛篝火，静静听着。月亮像是巨轮在天上慢慢滚动着。

第二天，我熄灭篝火，继续朝前走。我可以感受到蓝色老虎的存在。它的脚步和气息，我都可以感觉出来。我凭着这种感觉走着。到了中午的时候道路被一座峭壁所阻隔。我扒住从上面耷拉下来的藤蔓，拽了拽，发现它们很结实，就顺着藤蔓往上爬。

快要到顶部的时候，一颗硕大的头颅突然挡住了太阳。我的眼前一阵眩晕，差点儿松开双手。

是蓝色老虎！我寻找了整整一天的蓝色老虎！

它正在上面看着我，眼神像是一个顽皮的孩童一样。我心想这下完蛋了，最终还是死在了它的手里。

可是蓝色老虎一转脸就不见了。我忐忑不安地爬到峰顶，发现蓝色老虎在离我不远的地方，安静地注视我。

我连忙掏出了猎枪，对准了它。它并没有表现出丝毫害怕的情绪，继续盯着我看了一阵，就转身走了。不知道为什么，我并没有开枪，而是跟了上去。

我们就这样一前一后地走着。蓝色老虎移动速度很快，但它显然是故意放慢了速度，仿佛是给我带路一般。我跟不上的时候它还会稍微停一下，等我一会儿。

我和蓝色老虎之间好像达成了一种奇怪的默契。我有无数次机会朝它开枪，让子弹击穿它的头骨。可是我没有这么做，我也不知道自己是怎么了。

很快，我们就走到了一个大峡谷。在我脚下是一条干涸的河床，现在已经堆满了石头。我踩在这些大石头上，有点步态不稳。但是蓝色老虎就像走在平地上一样步履矫健。它见我跟不上了，就停下来等着。这使我感到羞耻，便朝它挥了挥手中的砍刀。它的眼神依旧平静，里面似乎还隐隐有些怜悯。等我跟上了，就继续朝前走，始终与我保持相同的距离。

夜色降临，我在一块平地上点起篝火，吃点东西。蓝色老虎就卧在不远处，蹿起的火焰映照在它的眼珠里。

不知道是怎么回事，我竟然睡着了，而且这一觉睡得很安稳。在梦中，我梦到了蓝色老虎。它就在我的面前，我一点也不害怕。我还伸手摸了摸它的蓝色毛发。它的眼睛清澈得如同泉水，让人怜爱。

早晨我醒来后发现它并没有逃走。它见我醒了，就继续赶路。我们又玩起和昨天同样的游戏。我很好奇它究竟要把我带向何方？

我们又走了很远的路，我的体力有些吃不消了，就放慢了脚步。它也随着我放慢了脚步。我们依旧保持同样的距离。

在路上，我奇怪地发现散落着许多贝壳。越走，那些贝壳越多。我停下来，拿起其中一个，放在耳朵上。大海的涛声源源不绝从贝壳里传来。我越听越激动，眼睛里蓄满了泪水。

蓝色老虎远远地注视着我，仿佛洞悉一切。它甩了甩尾巴，像是发给我一个信号，就转身走了。我继续跟上它。

我们又穿过了一片小树林，一股潮湿的风迎面刮来，里面有隐隐的咸味。蔚蓝色的大海一览无余地展现在了我们面前。

我惊呆了。这是我第一次看见大海。在林子里的时候我已经听到了隐约的涛声，但我还以为是附近瀑布的声音。现在，大海就在我的眼前，我跑到海滩上，让海水轻抚我的脚踝。由于几天不停地赶路，我的脚已经起了好几个血泡，一沾海水就感觉疼痛。

海面并不如我想象中的平静。一阵看似不大的风就能掀起很高的浪。那些海浪拍打在附近的礁石上，溅起雪白的浪花，有些溅到了我的脸上。

风吹散了我的头发。我坐在海滩上，从最开始的激动慢慢平静下来。蓝色老虎就坐在我的身边，遥望着远方。

不知名的海鸟低低飞行着，不时发出尖锐的叫声，盘旋在我们头顶。海潮将一些贝壳类动物冲上沙滩。时间静静地流逝着。

我终于看到了大海，可是海洋的那一边又是什么呢？我知道我有生之年是不可能到海的另一边了，虽然我清楚地知道，在海的那一边一定是另一个世界，一个与我生活的环境完全不一样的世界，但我注定无法到达了。

这个想法使我感到很疲倦。

我捧起一把海水，看它们从手指间滑过。我觉得自己体内有一部分正在复苏。我从未看到过如此广阔的天地，只要看着大海，似乎一切想法都没有了，因为不论你有什么想法，都显得是那么渺小。

海风轻易地穿透了我。

我不知道坐了多长时间，直到太阳开始下沉，似乎要沉到大海里去。海面上漂浮着如鲜血的颜色，落日变得巨大，每下沉一点都似乎格外艰难。

最后，太阳完全被大海吞没了，黑暗一下子笼罩了整个天地。

我没有想到，夜晚的大海是如此恐怖，像是一头巨兽咆哮着。我看着身边的蓝色老虎，它的眼睛在黑夜里闪闪发光。

彻骨的寒冷将我包围，我感觉自己要被冻死了。但我一动也不想动，我似乎有一种想要死在大海面前的冲动。直到不知过了多少个世纪，太阳终于升起来了，万丈霞光从海平面上喷薄而出。一股久违的温暖注入了我的全身，我终于又恢复了体力。

到时候了。我必须这么做。

天色一点点亮起来。蓝色老虎的眼睛闪烁不定。

我含着泪，把双筒枪口对准它。

金色的光芒笼罩了整个海面，海面上粼光闪耀。悬浮在海面上的太阳猛地膨胀了一下。

再见了，在海边陪伴了我整整一夜的朋友。这人生中最重要的一夜。再见了。

枪声响起，子弹穿过了蓝色老虎坚硬的头骨。最后一只蓝色老虎就这样倒在了我的面前，鲜血染红了沙滩。

我的周围不知何时聚集了数不清的红色螃蟹，它们聚拢在蓝色老虎的尸体旁，吐着泡沫。

我割下了虎皮和它的头颅，踏上了归途。

我背着虎皮，穿过熟悉的道路向村庄走去。在路上，我又看到了散落的贝壳，它们已经变成化石一样的颜色。

在路上，我感到时光正在我的身上匆匆流走，每走一步时光就像海水一样迅速蒸发着。我的腰越来越弯，我的力气越来越小，背上的虎皮也变得越来越沉。我气喘吁吁，走几步就要休息一下。

我看到自己的手背上已经布满皱纹。我走到小溪边，看到水面上我的倒影，已经变得无比老迈。我捋了捋变白的头发，莫名地笑了起来。我不知道发生了什么事，但我却感到心里无比坦然，好像这一切应当如此。

幸亏有许多道路不知何时被开辟了出来。我顺着那些道路，很快就回到了村庄。

村庄已经变了模样。我知道这还是以前的村庄，但人们的衣着和房屋的建造都已经不是从前的样子。我走在街道上，连一个我认识的人都找不到。他们只是用诧异的眼神看着我。直到有一个少年问我："老爷爷，您这是背着什么啊？"

"是蓝色老虎，"我如实回答，"请你转告族长，我已经把最后一只蓝色老虎带来了。"

"什么？"少年显得很惊讶，很快，我的周围就围了一大帮人。

"这是蓝色老虎？你把蓝色老虎杀掉了？"人们问道。

我点了点头。

"老天爷！"人们从最初的惊慌很快就变成了愤慨，"你、你、你怎么能这么干呢？难道你忘了最高指示了吗？"

"不是彻底消灭蓝色老虎吗？"我已经完全懵了。

"不要装傻充愣！最高指示是要'不惜一切代价寻找蓝色老虎'！你别告诉我们你不知道。为了这个目标，我们已经寻找了一代又一代人，没想到你却把好不容易找到的蓝色老虎杀掉了！你是家族的罪人啊！"少年义正词严地说。

"可是……"我已经头晕目眩，"你知道这个最高指示是从什么时候开始的？"

"不知道，"少年恶狠狠地说，"那又怎样？一代代雷家的人都在寻找蓝色老虎，而你却，你却……"

"不要和他废话，把他押到祠堂，让族长大人审判！"不知是谁喊了一句，人们纷纷响应。于是我被人群拥簇着，来到了雷家祠堂。

令我惊讶的是，祠堂还是如我印象中的祠堂一样，一点也没有变化，只是更为阴暗了。木头腐朽的气味也更让人难以接受。

我揉了揉眼睛，才看清了坐在正前方的那个人。

还是他！还是那个不知多大年纪的族长。他的脸还是像树皮一样，胡须依旧如同凌乱的藤蔓。他的眼睛依然炯炯有神。

见我来了，他挥了挥手，人群立刻安静了下来。

"究竟是怎么一回事？"我哭喊着。可能很少看到老年人如我这般狼狈吧，我听到人群中有人笑出了声。

族长从座位上起身，走到我的身边。他的眼睛似乎要看穿我似的。

"真是好久不见了……雷米……"族长抚摸着我的白发。我看不出他到底有没有在笑。

狱卒

十九岁那年，我继承了父亲的衣钵，成为小镇上唯一的一名警察。父亲已经很老了，交接仪式那天，镇长竟然亲自前来。还有一些小镇上的知名人物，比如小超市的刘老头，手工服装店的王大妈，瘸了一条腿的李铁拐和剃头匠陈叟等等。他们的年龄没有低于七十岁的，但都活得生龙活虎。他们眉开眼笑地前来参加交接仪式，坐在台下，大口吃苹果或者香蕉。当父亲把警服叠得整整齐齐的，双手交到我手上的时候，他们的眼神如此亢奋，脸上透出健康的红润颜色。

而仅五十多岁的父亲却面色灰白。其实他的脸色一贯如此，正好配得上他威风凛凛的黑色警服和大檐帽。他喜欢站在警局的门前，点燃一根烟静静地抽着，眯着眼，像是在观察着什么。过路的人跟他打招呼，他也只是微微点一下头，而且点头的幅度几乎让人看不出来。就这样，父亲保持了他的威严，作为镇上唯一的警察。

现在，父亲终于脱下了他穿了三十多年的警服，换上了老年人经常穿的白色老式衬衫。在阳光下，衬衫一尘不染。几乎所有人都注意到了父亲的瘦弱。那件衬衫套在父亲的身上如同挂在衣服架上，摇摇摆摆，没有内容。大家纷纷议论，穿警服的时候没注意原来老李这么瘦啊。父亲对此也没有办法，只好颇为尴尬地咳嗽了几声。

当警服和大檐帽交到我手上的时候，镇长率先鼓了几下掌。镇长是一个大胖子，他的手掌自然也非常肥大，简直像是熊掌。拍出来的声音也非常雄厚，富有力道。他和父亲站在一起，让父亲原形毕露的肋骨更加无处可逃。

台下也一片掌声。每个人都露出真诚的笑脸，尽管他们的脸由于衰老而更像褶皱的树皮或干燥的柿子。我捧着父亲的衣钵，激动得微微颤抖。我觉得这是我一生中最辉煌的时刻。

这时镇长秘书打了一个响指，说："镇长先生因为有公务在身，不能久留。

所以交接仪式到此结束。现在请镇长先生讲话！"

　　我的双手还在颤抖，但我必须下台了。我走到父亲身边。父亲没有看我，而是对着台上的镇长目不转睛地看，仿佛想从镇长胖得流油的身体上看出点什么奥秘。父亲的双手突然开始上下摸索，从上衣一直到裤兜，最后像枯萎的树枝一样耷拉了下来。我知道父亲在找什么，我赶紧拿出烟来，递给父亲。

　　他始终没有看我，只是把烟叼在嘴里。我为他点着了火。父亲抽了两口，终于斜着看了我一眼，然后什么都没有说，继续充当他的最佳听众去了。

　　镇长的讲话冗长而枯燥，台下的老头老太太都开始昏昏欲睡。最后，镇长说："鉴于我镇多年来良好的治安环境，省城的表彰证书已经颁布下来了。这一荣誉不是属于我一个人的，而是属于大家的！"

　　镇长的话起到了激励作用。台下听众的眼睛猛然间亮堂起来，一扫睡眠的阴霾，全都变得精神抖擞。我注意到离我最近的陈叟，他两眼放光，不住地搓手。连半身不遂、坐在轮椅上的王二爷也忍不住嗷嗷叫了起来，表达自己的喜悦之情，一行清亮的口水从他的嘴角悬挂下来。

　　镇长秘书将足足有两米长、一米宽的奖状展开，它将永久地载入小镇的历史中。台下的听众欢腾了，无数的帽子和拐杖被扔上了天，吊灯被砸得摇摇晃晃。我也被这一情绪所感染，简直快要激动得哭出来了。我回头看了一眼父亲，他的目光中闪烁着一种复杂的光芒，人群中只有他一个人面无表情。父亲格格不入的性格早就被镇长的居民所熟知，所以没有人对此感到有什么不满。

　　回到家的时候，我还沉浸在刚才欢庆的气氛中。我迫不及待地开始换警服。而父亲显得很疲惫，像是刚刚淋过一场暴雨，一举一动都无精打采的。可那时我还年轻，从没有想到顾及父亲的感受。我当时只想把内心的激动与对未来的向往像气球一样越吹越大。父亲坐在警局的沙发上不发一言，继续抽着山茶烟——小镇上一种最便宜的香烟。那种烟的味道很难闻，可父亲一直抽他。他一生节俭，从不接受红包之类的东西。可是今天父亲却很反常，他目光阴郁地看着我，说："娃儿，帮我买包烟去。"

　　我刚刚换好警服，准备冲到镜子前仔细观摩。父亲的警服有些瘦小，穿在身上紧梆梆的，像是穿了一件紧身衣，但我心里仍然幸福无比。我有些不情愿地走到门口，准备去为他买烟。这时他叫住了我。我停下，转身看着他。我惊讶地发现，父亲灰白的头发正在慢慢变成纯白。我惊恐极了，急忙说："您的头发怎么了？要不要找王大夫看看？"

父亲没有理会我，而是走到柜子前，拉开第一层。里面放着一把黑色的雨伞。"一会要下雨，你拿着伞吧。"父亲对我说。他的声音里夹杂了类似泥沙之类的物体。我抬头看天，天空万里无云。

"拿着！"父亲坚持说道。我拿起伞，准备迈出门去。父亲却再一次叫住了我。"不要这么没有耐心，我的话还没有说完。"父亲皱着眉头，似乎忍着很大的怒气与不耐烦。我不禁有些奇怪，父亲今天到底是怎么了？我只好倚住门框，等待他下面的吩咐。

他闭口不言，只是上下打量着我，严肃而缓慢，仿佛我是法院派来审判他的人。我可以看到他眼中流转着无数事物，像是一幕幕电影，微缩在他日渐浑浊的眼球里。半响，他的眼球又恢复了往日那种无意义的光芒。

"这次我要抽毛烟。"他一字一句地说。

我大吃一惊。毛烟是小镇上最贵的烟，自我记事以来，父亲从没有抽过那种烟。我以前偶尔抽过，那是和我的高中同学们一起。他们现在在哪里？除却死去的人，别的都分布在各个我从小就听说却从未去过的大城市里。其实不要说那些如传说般的大城市了，就连小镇我都没有走出去过。

我愣了几秒钟，说："好。"就转身出去了。

小镇是苍老而没有生机的。听父亲说，在他年轻的时候，小镇曾因为发现了稀有金属而辉煌一时。全国各地的淘金者纷纷涌来，建造工厂和铁路。那时街上走着的都是风尘仆仆、怀揣梦想的青年，他们高谈阔论，下班后就去小酒吧喝一杯，因此到了夜晚小镇也是闹哄哄的。整个小镇生机勃勃，像是一条吞下了野猪的蛇。

那时父亲刚刚接手他的父亲——也就是我爷爷的职务，成为一名警察，刚刚娶了我的母亲——一个来自大城市的外乡人。

那时有人曾劝告父亲用家族的积蓄做金矿的生意，被父亲婉言谢绝了。

他规规矩矩地做他的警察，并且获得了好名声。不久以后，稀有金属被络绎而来的人们开采殆尽。工厂倒闭了，工人们纷纷离去，只有凤毛麟角的老工人留了下来。铁路也渐渐废弃，因为火车不再经过。小酒馆变成了老年人活动所。又过了几年，小镇有理想抱负的青年纷纷离去，留下孩子和父老，他们去大城市打工，多数人一去不返。这渐渐成为小镇的一种传统。小镇从此成为孩童与老人的天堂。孩童长大后照例会离开这里，而老人照例会死去。在他们的葬礼上，他们久未露面的儿女会匆匆赶来，见父母亲属的最后一面，再匆匆离去，只给人留下背影与饭后谈资。

　　而我就是小镇唯一的青年。

　　现在我正走在小镇的街道上。镇上的老人们自发组织了街道委员会，因此小镇的街道很干净。我却感到它正在慢慢死亡。我一直有这种感觉，觉得街道像树枝一样在不断枯萎，不断收缩。老人们细心地捡起每一块垃圾，却不知道他们正在为街道整理后事。我很小就发现了这一点，为了验证，我会用步伐来测量街道的长度。以前我要走很多很多步才能走完这条街道，而现在却不觉间就走到了尽头。我知道这是可笑的，因为我的双腿在生长，迈的步子自然就大了。可我一直认为，不易察觉的收缩是街道死亡的征兆之一。

　　今天我没有心情理会街道的死亡。我穿着漂亮的警服，街上的老人们全都往我这里看。他们看到我就亲切地笑笑，连从小就骂我是小兔崽子的老刘头都冲我赞许地点了点头。我觉得我是一个受人尊敬的人了，这感觉很不错。我尽量使我走的每一步都优雅起来，至少不像平日里那么难看，仿佛有一台摄像机在我身旁跟踪着我，我要控制好每一个表情。

　　我想像父亲一样不苟言笑，但也不特别严肃，显得稳重而亲切。这种表情很难拿捏，但我是一个天生的演员，我做得很好。我敢保证，每一个见到我的人都会肃然起敬。

　　我走过踢球的孩子们。他们是镇上的中学生，踢球似乎是他们唯一的娱乐。我知道他们心里打的小算盘。他们现在还小，似乎很乖，掀不起什么大风浪的样子。可等他们一长大，我知道他们一准会像飞走的鸟儿一样一去不返。外面的花花世界与神奇故事诱惑着他们，他们现在只好暂时把内心对未来的激动发泄在足球身上。

我知道得很清楚，因为我也曾这么想过。可是我当年的同学们都离开了，只有我一个人留了下来。因为我负有使命。

他们停下来，一起看着我，仿佛在看一个不认识的陌生人。其实我经常和他们混在一起，他们也很喜欢让我加入，因为我是他们在这个小镇所能接触到的唯一一个大孩子。还有一个原因，就是我踢球踢得很不错，像个领袖。

一个叫阿成的男孩冲我喊："一起来吧！"

我看着他们，他们也看着我，我们就这样对视了几秒钟。最后我摇摇头，说："不行了，你们没看我已经穿上这身衣服了吗？我不是以前那个和你们混在一起的小子了，你们还是自己玩吧。再说我还要给父亲买烟呢。"

然后我就走过了他们。我的后背可以感觉到他们看我的眼神，但我没有回头。

买烟的时候，开小卖铺的张大爷执意不收我的钱。我严肃地说："我不收受任何贿赂。"张大爷却狡黠地一笑，说："我不是贿赂你，我是真心想送你父亲。从今天开始，他就和我们一样，成为普通的老头子了。"

我像是喝下了什么味道怪异的饮料，心里莫名其妙地浮现出了许多我也叫不上名的感觉。这种感觉很奇怪，和我身上穿的衣服很不符合。正当我疑惑愣神的时候，天登时暗了下来，街上的老人迅速关门闭户，大街上转眼只剩下我一个人。不等我细想，雨点就噼里啪啦地掉了下来。我撑起父亲给的黑伞，走进了雨中。

雷声在头上滚动，连接不断的闪电迅速而有力，将整个小镇笼罩在一片诡异的亮蓝色光芒中。我的袜子里进了一些泥水，很不舒服。我加快了脚步，想要快点回家。

雷雨中的小镇很奇特，电闪雷鸣间我的精神也恍惚起来。我仿佛看见小镇几十年后的样子，那时小镇已经空无一人，准确点儿说，只剩下我一个人。我不知道是该恐惧还是该干点什么。事物在时间中腐朽，蒙尘，消逝。

我这才发现不光是街道，整个小镇其实都在萎缩、死去。很久以后，小镇可能变得只有一只足球大小。

正当我胡思乱想的时候，一群孩子冒雨从我身旁跑了过去。我回头看他们，可他们立刻就隐没在了雨幕中。他们逃离得多么快啊。

我承认，我回到家的时候显得有些失魂落魄。

父亲开始了他的闭关生涯。每天把自己反锁在屋子里，谁也不见。维持生命的东西就是有限的水和食物。我搞不清楚他在做什么，但我是一个容易受到感染的人，父亲神神秘秘的样子使我觉得他似乎真的在做一件天大的事。我小心翼翼地给他送食品，生怕惊动了他，坏了他的大事。奇怪的是，尽管父亲越来越精瘦，但脸庞却越来越亮，眼睛像天上的星星般璀璨。我预感他真的参透了什么东西。

而我最初的激情渐渐退却。应该说，是每天的无所事事像一把锉刀一样打消了我的激情。最初，我喜欢在小镇四处溜达，仿佛是为了炫耀自己。而现在，我变得不爱出门，甚至不爱和人打交道。以前的我不是这样的，以前的我很喜欢和别人聊天，或者找那些孩子们一起踢球。所以镇上的人说："小李变了，变得像是一个警察了。"旁边的人会纠正他："你说得什么话，小李本来就是警察呀。"

我陷入到了从未有过的精神危机。我感到自己正在慢慢地滑向一个深不可测的沙坑。我越挣扎滑得越快。我每天愁眉苦脸，坐在警局的台阶上，忧郁地看着来来往往的人群。直到有一天，有人对我无意中对我说道："你真是越长越像你父亲了。"

我这才恍然大悟，连忙跑到镜子前，仔细端详着自己。是的，我的脸庞不知道从什么时候开始变得像父亲一样苍白，而表情也如同父亲一般严肃。我一屁股坐在椅子上，大口地喘着气。一个可怕的想法正在从我的脑子里爬出来：我过的其实是父亲的生活。

我注定像父亲一样，兢兢业业地做着自己的工作，守望着抓不住的岁月，直至变老，把这身衣服交到下一代手里。

当你整天坐在台阶上，望着往来的人群，你就会产生这种可怕的想法。

我一口气跑回家，正好看到父亲坐在椅子上吃肘子。他的嘴和双手都油光闪闪的。他看到我跑进来，就抬起头，说："怎么了？"

我盯着他的脸看，一动不动地看。而他也不理我，继续啃他的肘子。我越看越觉得无望，就坐在他面前，忧伤地看着他埋头苦吃。

等吃完最后一口肉，他才抬起头，并且拿餐巾纸擦了擦嘴："你要说什么？"

"我发现了一件事。"我尽量抑制住自己颤抖的声音。他的目光从刚才的坚硬渐渐变得暧昧起来。他说："我知道你想问什么。"

说完他站了起来，说："你等等。"就转身进了自己的房间。片刻后他拿出一张照片。照片已经发黄，看样子年代很久远了，上面是穿着便衣的父亲，目光冷峻，仿佛镜头后面有什么值得警惕的事物。

"你看照片上的人是谁？"父亲斜着眼睛看我。

"是你。"

"错了，这不是我，而是我的父亲，也就是你的爷爷。"

"什么？"我大吃一惊，不由得惊慌地站了起来。细细看来，果然发现照片上的人穿着与现在截然不同的警服，颜色单调，有着过往年代的烙印。我看看照片，又看看父亲，然后闭上了眼睛。"没有什么可绝望的。"父亲的声音仿佛从我的天灵盖传来，"最后你也会变成我的样子，也就是你爷爷的样子，甚至是你祖爷爷的样子。因为你与他们并没有什么本质上的不同，我们世世代代都生活在这个小镇上，你坐过的台阶你的爷爷和祖爷爷也同样坐过。但是这也没什么要紧的，因为你毕竟还是你，你不会变成另外的人。你猜我这么多天都在干什么？我在研究家谱，尽管它已经被烧得不成样子了。我要告诉所有人，我不是一个普通的老头子。"

说完，父亲短促地笑了起来，笑声像是一把锉刀。然后他就转身进屋了。我听见锁门的"咔嚓"一声。

外面乌云翻滚，风像是一把把小刻刀，刮得人生疼。我竖起领子，走到寒风中。我已经很久没有巡逻过了，我突然发现，这个小镇似乎永远都是秋季。这个发现让我的全身又冷下来几度。是的，在我的记忆里永远都秋天的印象。永远都是枯萎的落叶堆积成山，永远都是冷瑟瑟的秋雨。而其他的季节则全是听说来的，或电视里的景象。我停下来，看着周围的人群，他们全都消除了声音，如幽灵一般徘徊在我周围。

我为什么会在这里？

我究竟是否真的属于这里？

"喂。"

声音重新降临，我看到了少年阿成。他是镇上中学的孩子王，也是和我关系最好的孩子之一。他站在我的面前，似乎憋了一肚子的话要说。

"有什么事吗？"我问。

"我想……"少年搓了搓手，"我想今天和你一起踢足球。"

我叹了口气："我不是说过了吗，现在我已经有工作了，我不能再和你们一起胡闹了。"少年抬起了头，眼睛中有他这个年龄的少年特有的光彩："我知道，但我和他们说好了，只要你和我们踢球，我们每天都可以听你朗诵诗歌。"

我的记忆像一只球一样被他踢到了数年以前。那时我无所事事，迷恋上了写诗。我几乎是疯狂地写，每天都要写好几首，很快就写了好几大本。可是那些诗只有我一个人看，我连一个读者都没有，我不知道该到哪里找读者。

我首先想到的当然是父亲。那时父亲喜欢坐在警局的台阶上，点根烟，一坐就是一天。他的生活也是无聊的，但他不想看我写的诗。他疑惑地看着我，说："诗歌会让你变老的。"或许从那时起，我就真的开始老去了，慢慢变成了另一个父亲。

于是我又去找和我一起玩的孩子们，阿成也是其中之一。我想对他们朗诵我写的每一首诗，但他们没几分钟就失去了兴致，我可以看到他们眼中浮现出了足球的轮廓。他们如此迫不及待，宁愿抛下我，去玩他们的足球。

我简直像是一个被全世界遗弃的孩子。从此我写诗再也不给任何人看，甚至耻于承认我喜欢诗歌。有一年省城的诗人光临小镇，而我竟闭门不出，生怕他知道我也写诗，要我拿给他看。但我一直在写着，秘密地写着，像是地下工作者那样，在每一个无人的黑夜写下一句句诗行。

现在风水转过来了，他们主动要求我朗诵诗歌，尽管我知道这只是他们与我的交换条件，还是情不自禁地激动起来。我仿佛看见那些尘封已久的诗歌开始散发出金子的光芒。同时我又不禁黯然神伤，想到多少个夜晚，我只能独自小声朗诵那些诗篇，我的听众只有虚无。我不敢吵醒父亲，只能用连我自己都听不清楚的声音，像传递某种秘密信号。

阿成看出我动了心，就拉住我说："走吧，等踢完了，晚上我们就在小酒吧等你。我们为你办一个朗诵会！"

我迷迷糊糊地跟着他，走到了中学的操场上。那操场寸草不生，全是土地，踢起来尘土飞扬。我脱下警服，加入了踢球的队伍。男孩们爆发出一阵欢呼。

踢完球，我被簇拥到了小酒吧。我随手从家里带来了一个写满诗歌的笔记本。我看到少年们的眼神如猫一样一齐看着我，有几个年纪大的孩子还要了啤酒。我第一次面对听众，有些手足无措起来。

"念吧，念吧！"阿成鼓励我说。

于是我念了起来。起初由于紧张，声音不免颤抖，后来越来越进入状态。每一首诗都像被我找回的丢失了的孩子，令我激动不已。慢慢地我就彻底沉浸在自己的世界里了。

不知过了多长时间，我抬起头的时候，发现少年们已经昏昏欲睡了。我停了下来，像刚开始念的时候一样尴尬。阿成一直目光炯炯地看着我，无疑，他是我的最佳听众。他发现了我的窘迫，有些生气地站起来，大声地拍了拍桌子。

"喂喂，都给我打起精神来！"阿成的语气有着不符合他年龄的气急败坏。少年们无精打采地醒来，相互对视，神情茫然而尴尬。我看到这个场面，感到悲观之极。想起刚才的激动与兴奋，仿若杂耍一般可笑。我暗暗发誓，再也不给任何人看我写的诗了。

阿成对他们发完脾气，转向我。我猜他是想说些抱歉的话。可他刚想说什么，目光却停留到我腰上，就不动了。他在看我别在腰间的手枪。别的孩子也一齐向我看过来，准确地说，是一齐朝我的手枪看过来。我竟然有些害怕。他们的目光像是孩童看到了糖果般的痴迷，眼神中带着一种属于少年的纯洁的欲念。

我连忙紧紧捂住我的枪。我怕他们会突然一哄而上，把枪夺走，那事儿可就大了。

阿成咳嗽了两声，把目光收回。他近似于哀求似的对我说："小李哥，能把枪给我看看吗？"我摇摇头，说："有规定的，我怎么敢随便给你看。"阿成嬉皮笑脸道："反正也没人会说出去，给我看看嘛！"

　　我感觉气氛有些不对。少年们看着我和阿成，小酒馆里弥散着浓浓的敌意。我意识到不能在这帮孩子面前露出胆怯，便清了清嗓子，仿佛给自己壮胆似的大声说道："不能给就是不能给，你废什么话呢？今天太晚了，我该回家了。"

　　"那……那让我摸摸也不成吗？"阿成的眼神黯淡了下去，取而代之的是一种在黑暗中闪烁不定的东西。那当然不是眼泪，而是一种源自于内心深处的渴望。

　　小酒吧昏暗的灯光下，我看到阿成那乌黑坚硬的头发。他的要求并不过分，我只需要提防他突然夺枪就是了。"好吧，"我点点头。

　　阿成兴奋地搓了搓手，又把手在裤子上使劲抹了一下。那是一双修长的手，我第一次发现阿成的手指原来如此精致。他应该去弹钢琴的，我心想。而现在，这修长精致的手指正慢慢接近我的枪套。阿成屏住了呼吸，他把手很轻柔地放在枪套上，仿佛怕弄坏了似的。然后他开始顺着手枪的轮廓一路摸下去。我知道，这是他第一次触摸到真实的手枪。

　　这时，这双手不老实地想要打开盖子。我手疾眼快，及时摁住了它。"你想干什么？"我严厉地说。"我想把它拿出来看看……"阿成满含期待地盯着我。

　　"不行。"

　　我转身走出了酒馆。我怕再待下去，会出什么事情。我刚走出去几步，阿成就追了上来。他在我背后喊："小李哥，以后还一起踢球啊！"

　　我站住了。夜晚的风冷飕飕的。永恒的秋天。我叹了口气。

　　"小李哥。"阿成又喊了一声。我转过身，问："还有什么事吗？"

　　"这里的季节，"阿成说，已经恢复成了平日里的不卑不亢的语气。我们之间的距离迅速被黑暗所填充。天太黑了，月亮又不好，我只能勉强看到阿成的轮廓。他的声音穿透黑暗传过来，"你没发现吗，这里一直都是秋天。真是烦透了。"

　　我不知道该怎么回答他。我抬头看了看天空，星星和月亮都被乌云笼罩着。远处传来风吹动叶子的哗哗声。少年们此时都走出了酒馆，聚集在门口。他们身体的轮廓在夜幕中晃动着。

"天黑了，你们赶紧回家去吧。"

我摘下大檐帽，又重新戴上，转身离去。阿成在我身后大喊："小李哥，我忘了告诉你，慧姐回来了，就在我们学校当老师。"

我一口气走回了家。

像无数个百无聊赖的白天一样，我坐在警局的台阶上，点燃一根烟，看着来往的人。以前我是不抽烟的，不知道是从什么时候学会的。父亲有时会心满意足地从家里溜达到警局，似乎只是为了看我一眼，然后就转身回去。他看到我抽烟，说："你也学会抽烟啦？"然后伸伸懒腰，一副很享受的样子。

我依旧坐在台阶上，把每一口烟沉重地吐出来。我没有抬头看他一眼，心里为他对我的烦恼不闻不问的态度而暗暗生气。他突然站到了我的面前，挡住了好大一片阳光。我不满地抬起头，只看到一个阴影般的头颅。"又要我帮你买烟吗？"我不耐烦地说。

"我早就戒啦！"父亲的语气中有掩饰不住的欣喜与自得。我想不通什么事让父亲如此高兴与坦然。我站起身，细细打量着他。充血的脑袋与阳光让我脚下不稳。我猛然间发现，父亲竟然有着一头乌黑的头发！

这个发现非同小可，我惊讶得半天说不出话来。我指着他的头发，有些结巴地说："你……你的头发……染了？"父亲一向不爱时髦，别说染发，连发型都不曾改变过。

父亲似笑非笑地看了我一会儿，仿佛心中有天大的秘密，可就是不告诉我。我被他这种盛气凌人的态度激怒了，干脆不再说话。而父亲却凑过来，说："你似乎有什么心事？"我重新点燃一根烟，没有说话。

我的心事就是慧慧。慧慧从省城回来了。

慧慧是我的高中同学。我说过，那些同学们一毕业就各奔东西，相继离开了小镇。这是小镇的传统，慧慧也不例外。可听说慧慧也要走，我就有些伤心了。正如你想的一样，我喜欢慧慧，但我从来不敢说出口，我欠缺勇气。

她就坐在我的前面，我每天都会盯着她的背影愣神。我们总共也没有说过几句话，那有限的几句我都把它们记在了一个本子上。我对现状很满意，我喜欢这种波澜不惊的感情，喜欢幻想出来的爱情。

但她马上就要走了。那些日子我坐立不安，我觉得我应该有所表示，因为我预感到此生可能都不会再见面了。我苦思冥想，最后决定给她写一封信。我在信中把对我她的感觉全盘托出，我告诉她我就是喜欢上她之后才开始写诗的。我没有在信上写上自己的名字，甚至小心翼翼，避免在字里行间被识破身份。就这样，我把写好的信偷偷放在了她的书包里。这一切都那么完美，她不会知道我是谁，而我也说出了我一直想说的话。

在慧慧走后的某一天夜里，我猛然想起，我写信用的信纸是从父亲的警局拿的，那上面印有警局的标记。我立刻冒出了一身冷汗，仿佛自己做的见不得人的事最终还是被识破了。在不断自责之后，我安慰自己说，反正她也不会再回来了，那么被她知道也没什么大不了的。这么想着，反而还生出了一种侥幸的甜蜜来。

可谁知道她竟然还会回来呢？谁能想到只有她会回来呢？慧慧的归来无疑打破了我平静的生活。我坐立不安，双腿像是上了发条，在屋子里走来走去。父亲一般都闷在自己的房间里不出来，他没日没夜地研究家谱和镇上的古籍。这种研究并没有使他垮掉，相反，他越来越年轻了。脸上的皱纹日益减少，干瘦的身体日益强壮。我有理由相信他的头发并不是染的，而是奇迹般地恢复了青春。这个发现令我恐惧，眼前的父亲像是一个熟悉得不能再熟悉的汉字，乍一看反而变得陌生，甚至含混不清。

"秘密，"当我小心翼翼地试探他时，他对我说，"只有秘密使我年轻。这些古籍记载了有关逝去的时光的重要信息，秘密也隐藏其间。每一个秘密都使我年轻。我曾经以为我会带着后半生的悔恨与这个小镇一同消亡，可没想到，我会带着无数秘密死去。"我询问他那些秘密是什么，他义正词严地说："既然是秘密就不能说出。其实我已经告诉了你最大的秘密，那就是掌握秘密会使你年轻。"

父亲不知道什么时候从一个退休老警察变成了一个哲学家。这些没头没脑的事物都使我心烦意乱，我感觉自己正在急速地衰老下去。是的，我唯一的秘密就是对慧慧的感情，而它在我俩之间却早已不再是什么秘密了。

我还是决定去见慧慧一面，毕竟是同学，没有不见的道理。我为自己开脱着。我拨通了学校的电话，接电话的是传达室的老头，我告诉他我找刘慧慧。过了几分钟，慧慧的声音穿透话筒，进入我的耳朵："喂？"

这是我毕业四年后再次听到慧慧的声音，我握着话筒的左手不禁激动得微微颤抖。我用右手握住左手，对着电话那头有些夸张地大声说："是慧慧吗？"我一激动就会变得莫名其妙。

我们商定在下午放学后见面。

我开始苦恼我究竟是穿警服去见她还是穿便服。如果穿警服，在学校里太扎眼了，走到哪里都会被别人认出来，而穿便服则更给人以刻意的感觉——我不想让她看出我有任何刻意的地方。于是我决定干脆穿警服去见她。再说，我也没有什么像样的衣服可穿。

父亲看我为衣服翻来覆去地折腾，就神秘兮兮地说："你要去见谁？"我没有理他，戴好帽子，就走出了门。那时已经是下午了，家家户户开始做饭，这时你可以闻到一股米粥的味道。这个小镇上大部分居民都是老人，他们的晚饭一般仅仅是一碗粥和一小碟咸菜，而他们中的部分更年长者，则干脆放弃了吃饭，仅以喝水为生。米粥热气腾腾的味道吸进我的身体，让我的全身似乎也精神起来了。闻这种粮食的味道，闻多了自然就饱了。

到了校门口，我看见了正左顾右盼的慧慧。说实话，四年的时间，她的变化真的不小。我首先注意到的是发型，那是一种我没有见过的发型，一种在杂志上才可能看到的发型。然后是她的衣服，让周围的一切迅速陈旧了下来。最后，我才发现了与以前最大的不同，她的眼镜没有了。以前的她戴着班里最厚的镜片，而现在没有了，露出了一双水汪汪的大眼睛。那眼睛里似乎荡漾着什么，像是一个微型的夜空。

我感觉自己看到她的一刻就黯淡了下来。我有点儿后悔见她了。她是那么朝气蓬勃，似乎世间的一切她都跃跃欲试。而我却整日消耗无聊的时光，逐渐变成一个我不认识的人。

她显然也认出了我，上前拉住我的手臂，说："跟我来！"然后就拉着我跑了起来。我觉得这样很不好，被人看到了像什么样子？所幸这时是放学时间，周围最多的是孩子。我看到他们全都看着奔跑的我俩，眉开眼笑。

我们来到了一个废弃的工厂内。这个工厂我太熟悉了，以前上学的时候我们经常来这里玩。它是过去年代的产物，那时小镇还很繁荣，地下似乎蕴藏着取之不尽的贵重金属。然而没几年，工厂就报废了，似乎是在一夜之间就生了锈。我们就管它叫"铁锈工厂"。一走进里面，你就会闻到强烈的金属腐朽的气味。阳光照在里面，使人有一种置身于老照片中的感觉。

这种感觉现在更加强烈。我和慧慧面对面站着，因为刚才的奔跑而微微喘息。为了打破尴尬的沉默，我咳嗽了一声，说："你的变化真是大啊。"

"你也是的，"慧慧对我笑了笑，让人想起牙膏广告里的那种笑容，"你穿上警服蛮帅的，以前还真没看出来。呵呵。"

我不知道如何回答，只好跟着她一起傻笑。

"你……最近挺好的？"她穿着深蓝色的针织衫，眼睛不断地四处瞅，然后盯着我看一会儿，似乎很认真地在听我说话，之后又四处瞅。我彻底被她这种游离的眼神吸引了。"还那样，没什么特别的。"我说。

"我觉得你好像有点儿老了。"她突然很认真地说，然后用手摸了摸我的头发，"你看，你都长白头发了呢。"

我没有注意到我长出了白头发，但她抚摸过我发梢的时候我体会到了一种奇异的感觉。她知道我是喜欢她的，我心想，她是不是在给我什么暗示呢？我多想在她的手还没有放下的时候就抓住它，握紧它，感受它的温度，然而我没有勇气，我眼看着那双手回到了她身体两侧。我为自己的木讷而恼火起来。

我们站在废弃的工厂里，空气中是铁锈的味道。旧时的回忆包裹着我们，我们相对无言，但内心其实翻腾着千言万语。这种感觉真是奇妙，谁也不说出口，却感觉到心灵之间的交融。

"你现在还喜欢我吗？"

慧慧突然的提问让我有些手足无措。我知道如果我回答"喜欢"，我的生活将发生天翻地覆的变化，我有这个预感。但我没有理由欺骗自己的心。我点点头，说："喜欢。"

她轻轻地抱住了我，在我耳边说："你知道吗，其实以前咱们班的男生中，我最欣赏的就是你。当我看到你给我写的情书，我激动得不行。可惜那时走得太匆忙，都没有来得及跟你告别。"说完她抱得更紧了。我仿佛变成了一根木头，一动都不敢动。

"和我一起走吧。"

她的这句话如同咒语，让我浑身一激灵。我挣脱开了她，惊讶地看着她的眼睛。我突然发现那是一双猫的眼睛，晶莹剔透，甚至在阳光下会微微收缩。"我们一起走吧，离开这里，离开这个小镇，永远地离开。"她的表情是那么温和，而语气却如此坚决。

"我早晚会离开这里的，我想和你一起离开，否则你会永远失去我，"她最后说。说完，她就闭口不言了。显然，她在等待我的回答。

"请给我时间考虑考虑……"我的脑子已经完全乱套了，必须给我时间冷静一下才行。"好吧，"她说，"不过我不会给你太长的时间考虑，到时候我走了，你不要后悔就行。"

我已经忘记了我们是怎么告别的，只记得等我反应过来，她已经不见了，只留我一人在废弃的工厂。我在工厂里走了两圈，被一颗钉子刺破了脚掌，就淌着血回家去了。

梦想
130

我的脚掌受了伤，就更有理由不去巡逻，而是踏踏实实地坐在台阶上，进入一种大脑空白的状态。我发现自己越来越喜欢上了这种平白如水的生活。偶尔的，我也会像被蜜蜂蜇了一下，突然感觉非常痛苦。这个时候我就会找本书看，来平复内心涌动着的暗潮。

最近拿在手头的是商禽的一本诗集。你能相信吗，在小镇图书馆里那些席慕蓉、汪国真的花花绿绿的诗集之中，我竟然发现了这样一个陌生而有趣的名字。我抚摸着它布满小尘粒的陈旧的书皮，内心感到格外的安详。我还没有翻开看，就有了一种想哭的冲动。

现在我反复看的是一首名为《长颈鹿》的诗歌。其中有这样的句子："仁慈的青年狱卒，不识岁月的容颜，不知岁月的籍贯，不明岁月的行踪；乃夜夜往动物园中，到长颈鹿栏下，去逡巡，去守候。"我突然觉得自己就是那个年轻的狱卒，坐在一口枯井中。我不禁抬头观看，想看看有没有往下看的人。晴空万里，我一激动不小心把书页撕了个大口子，干脆把整页都撕了下来，悄悄放在裤兜里。

　　小镇这几日发生了很多事情。以阿成为首的少年们开始集体罢课，年逾八十的校长痛心疾首地说："他们这帮毛孩子要干吗？他们要造反不成？"

　　他们的行为却让我心里暗暗惊讶而欣喜。少年们在街上游荡，当街踢球或滑旱冰，玩滑板，甚至还有几个时髦的玩起了街头涂鸦。他们拿着不知从哪弄来的油漆，在墙上喷涂各种色彩斑斓的图案。小镇有许多苍白的墙壁，做这种事情实在是太合适不过了。

　　这些事以前从没发生过。镇上的老人们无比震惊，他们纷纷走出家门，痛斥少年们的恶行，仿佛罪恶一瞬间从天而降，没有丝毫征兆。我预感到小镇将发生一场翻天覆地的变化。我知道，这其实是阿成他们有预谋的行动，而我绝不可能置身事外。

　　老人们组成了委员会，出面请求我制止少年们的疯狂行为。我不知道该如何做，就闭门不出，后来干脆连警局都不去了，因为每次去都会看到他们在门外示威似的等着我。他们的要求其实很简单，想让我作为使者，与少年们交涉。但这并不符合我的意愿。

　　阿成在几天后找到了我。他来到我家，敲我的门，并大声喊着我的名字。我听出是阿成，便打开了门。阿成却不进来，而是两只手各拿一只油漆瓶子，冲我笑笑："我可以在你家的墙壁上涂鸦吗？"

　　我知道，我不应该答应他。不光不应该答应，还应该立刻阻止他，实在不成就拿出闪亮的手铐，吓唬他们一下。可我没有那么做，相反，我友善地笑着点了点头。阿成一声招呼，不知道从哪又冒出了五六个孩子，开始往我的墙壁上喷洒油漆。很快，原本像树皮一样焦黄的墙壁就被他们喷得五颜六色。黄的，绿的，黑的，油漆沾了他们一手，他们笑哈哈的，像是在分节日的蛋糕。我也和他们一起笑了起来。其实图案一点也不好看，但我就是高兴。

　　第二天一早，我发现父亲站在门外，仔细地观察着墙上稀奇古怪的图案。他像是在研究一道古老的数学题那样认真专注。我不知道父亲会怎样想，只能小心翼翼地吃早点，尽量不发出声响。

父亲走进门，什么也没有说，脸上挂着不置可否的怪异表情。那表情像是笑容消逝时最后的一秒，似笑非笑的表情还残存在脸上，别提有多怪异了。我偷偷看了眼父亲，期待他最好立即发作，甚至揍我一顿。可父亲比往常还要沉默，一口油条要嚼几分钟，那简直可以算是"咀嚼"了。没错，我突然就想起了这个词。

应该说，我根本没有意识到这一天的重要性。中午时分，我们家外面就陆续围了一些人。他们对我家的墙壁指指点点，低声议论着什么。我知道，我已经无法在镇上继续待下去了，我小镇警察的生涯到此结束。

慧慧来了电话。"那件事你考虑清楚没有？"她一上来就切入主题。我瞄了眼父亲，他正在专心致志地削一枚苹果。"我考虑清楚了，"我低声说，"我就不多说了，你知道我的意思！""那太好了！"电话里慧慧显得很兴奋，"那咱们什么时候离开？今天还是明天？我们马上见一面吧！"

"恐怕现在不行，"我看了看窗外愤怒的人们，"晚上八点吧，老地方见。""好的！"慧慧愉快地挂断了电话。我深呼了一口气，感觉像是突然间失去了什么东西，全身变得轻飘飘的。我看着残破的屋顶，心想，这里的一切可能看一次就少一次了。

"我知道你马上就会离开。"父亲突然说道。我本来以为听到这话会大吃一惊，可是我却没有任何惊讶，仿佛一切都是顺其自然的。甚至我还松了口气，不用绞尽脑汁地思考如何跟他解释了。

"在你走之前，我希望你能看一下你母亲。"父亲的话里带着淡淡的哀愁，这是不轻易看到的。"你说什么？"我一时间没有反应过来，或者说，不能确认我是否是听错了。从我懂事起我就没见过我的母亲。听父亲说，她来自大城市，生下我后无法适应这里的环境，便离家出走了，从此再也没有回来。"我不愿意死在这么个地方。"这是母亲临走前的话，也是父亲告诉我的。

"现在我要跟你说，对于你母亲的故事，我有一半是骗你的。"父亲疲惫地说，同时，我看到他似乎在急剧地老下去。这种变化如同钟表的时针，你看它时它好像没有移动，但当你不注意它，它却好像走得飞快。父亲就这样在我面前老了下去。

"我将告诉你这个最大的秘密。"父亲似乎又恢复成了刚刚卸任时那个萎靡不振的小老头。短短的一年时间，却恍如隔世。我的耳朵像狐狸一样竖起来。

"你的母亲确实是从大城市来的，也确实是在生下你后就离开了我们父子俩。但她没有去别的地方，她其实是跑去了山上。自从生下你后，她的精神就开始不正常，总是出现各种幻觉。她还总往山上跑，一次两次三次……我忍无可忍，干脆在山上给她建了一座木屋。每个月都会给她送一些日常用品和食物。这件事你一直不知道，镇上知道的人也不多。本来我想过阵子再告诉你，但现在你马上就要走了，所以我希望你能在走之前去山上看看你妈。"父亲说完这番话，就立刻闭口不言了。我甚至可以看到白头发正在他的头顶慢慢增长……

我疑惑地看着他。阳光在屋子里无声地移动，不知不觉间太阳已偏西。围在我们家门口的人渐渐散去，他们肚子饿了，准备回家吃饭。我决定现在就上山去，为了尽量不让认识的人发现，我还戴上了口罩和墨镜，还有父亲的一顶灰色鸭舌帽。

我迅速穿过街道，来到后山。后山就是一片繁茂的森林，人走进去，阳光就被切成像锡纸般一片一片的形状。林中的气温要比镇子上低好几度，冰冷的林风吹过来，让我打了一个激灵。我到这里的时候，太阳已经落山了，只剩下一些残存的晚霞，淡淡地涂抹在云朵上。

我不敢想象，我见到母亲会是怎样一种情景。我甚至开始恨父亲，非要到这个时候才告诉我事情的真相。如果我不说要走的话，是不是要等他临终时才会吐露这些秘密？我心里愤恨，脚步不自觉地又加快了。

到了山顶的时候，世界黑了下去，黑得是那么迅速，仿佛是谁突然关掉了灯。我看不清前方的路，只能看到黑漆漆的一团。我的脸颊不断被黑暗中延伸出的树枝刮到，我只好放慢速度，防止被看不见的根蔓绊倒。

我仿佛走在黑色的棉絮中。周围静悄悄的，我可以听到一些昆虫的细碎低语。我又冷又饿，漫无目的。我甚至想，这会不会是父亲编造出来的，母亲根本没在这里，也没有什么山上的小屋，这一切仅仅是他在惩罚我这个不孝的儿子。

我一直不停地走，终于，我看到了点点灯火。

我急忙朝着灯火跑去，中途被绊倒三次，终于看到了一座小木屋的轮廓。那个轮廓随着我的接近越来越清晰可辨。那是一座类似于伐木工人的简易工棚，但规模要更大一些。我不敢相信母亲在这里生活了这么多年。

　　我走进门，看到已经脏得发黑的小木桌上放着一盏油灯。灯光就是从这里发出来的。屋子里没有人，我环顾四周，发现除了椅子、床还有一些简易的生活物品外，这里可以说是一无所有。这就是我母亲的木屋，我的眼睛突然变得湿润。

　　虽然我对母亲已经了无印象，但我可以感受到这里充满着久违了的母子间的感情。桌子上的煤油灯一闪一闪，好像随时都会熄灭。我坐在简易的单人床上，感受着这盏灯带来的微弱光亮。这种感觉真奇妙，我想象着母亲回来时的场景。

　　慧慧还在等着我，但我一点也不想离开这里。我要等我十多年没有见面的母亲，没有什么事比这个更重要了。我要一直等下去。

　　我突然觉得，这座小木屋才是我理想中的归宿。我哪里也不想去了，我就想留在这里。妈妈，让我留下来吧。二十年来我从没有叫过妈妈。

　　外面有什么轻盈的东西落下来，像是黑色的棉花。我走出去，才发现竟然是雪。雪越下越大，有一些还落到我的领子里，化成了冰冷刺骨的水。我从没有见过小镇下雪，因为这里永远是秋天。而冬天是在什么时候不知不觉地降临的呢？

　　我可以听到远方隐隐传来少年们的叫嚷，伴随着大人们的咒骂。他们不顾大人的反对，跑出家门，用自己的方式庆祝这次降雪。他们奔跑，堆雪人，打雪仗，大人们拿他们没有办法，因为大人们自己小心翼翼，不敢在雪地上行走。

　　我重新走回木屋，守着那只煤油灯。

　　雪越下越大了。

　　在木屋被雪压垮的前一秒，我正在担心母亲。这么大的雪，母亲之后的日子该怎么过呢？